Chères lectrices,

Avez-vous remarqué comme il nous arrive d'employer certains termes sans en connaître précisément le sens ? Prenez le mot « charme », par exemple, que l'on a toujours tendance à qualifier d'« indéfinissable ». A croire qu'il serait impossible de mettre des mots derrière cette notion, condamnée dès lors à rester dans un flou perpétuel !

Pourtant, le charme n'est pas aussi vague qu'on le pense. Et lorsque l'on définit une personne comme « charmante », en réalité, on lui attribue une qualité aussi précise que puissante : celle d'ensorceler ! Evidemment ce sens premier du mot « charme », qui vient du latin *carmen*, le « chant magique », s'est perdu. Mais la notion d'irrationnel n'a pas tout à fait disparu... c'est celle qui subsiste dans le pouvoir mystérieux du charme. Ainsi, quand on tombe amoureux, on se retrouve « sous le charme » comme si la personne aimée nous avait jeté un sort. N'oublions pas non plus le « prince charmant », tout droit sorti de l'univers magique des contes de fées.

Il est toujours amusant de découvrir que, sous l'usage courant de certains mots, se cachent de véritables trésors de signification. En l'occurrence, on comprend mieux ce qui a poussé Mérimée à baptiser son héroïne « Carmen ». N'est-elle pas la femme au chant magique, l'ensorceleuse par excellence, celle qui par son charme séduit l'officier Don José ?

Je vous souhaite à présent une excellente lecture, en compagnie de vos héros, aussi séduisants... que charmants !

La responsable de collection

D1426092

Le piège de la passion

PENNY JORDAN

Le piège de la passion

COLLECTION AZUR

éditions Harlequin

Cet ouvrage a été publié en langue anglaise
sous le titre :
MISTRESS OF CONVENIENCE

Traduction française de
ANNE DAUTUN

HARLEQUIN®

est une marque déposée du Groupe Harlequin
et Azur ® est une marque déposée d'Harlequin S.A.

Toute représentation ou reproduction, par quelque procédé que ce soit, constituerait une contrefaçon sanctionnée par les articles 425 et suivants du Code pénal.
© 2004, Penny Jordan. © 2005, Traduction française : Harlequin S.A.
83-85, boulevard Vincent-Auriol, 75013 PARIS — Tél. : 01 42 16 63 63
Service Lectrices — Tél. : 01 45 82 47 47
ISBN 2-280-20391-X — ISSN 0993-4448

1.

— Tu as vu ? Son Altesse Royale et le chevalier d'industrie — qui ne sera jamais adoubé, paraît-il ! Pour deux ennemis jurés, ils ont l'air de s'entendre comme des larrons en foire !

Suzy tendit l'oreille, s'efforçant de suivre, par-dessus le brouhaha de la foule, les propos de Jeff Walker, le photographe du magazine pour lequel ils travaillaient l'un et l'autre. Jeff ajouta, tout agité :

— Il faut absolument que je les prenne en photo ! Viens, suis-moi !

Suzy, qui avait intégré la rédaction du journal un mois plus tôt, lui obéit. Elle n'avait pas fait trois pas que Jeff s'exclamait, dépité :

— Zut ! Le colonel Lucas James Soames est avec eux !

Devant l'air interdit de Suzy, il précisa avec impatience :

— Ex-membre des Commandos, héros des Forces Spéciales — et ennemi juré de la presse ! Même si une journaliste du 20 heures se jetait pratiquement à son cou chaque fois qu'elle l'interviewait, pendant sa dernière campagne militaire.

Suzy feignit de paraître au courant. En réalité, elle ignorait tout du colonel Soames ! Elle fureta discrètement autour d'elle et ne parvint pas à repérer un seul homme en uniforme.

C'était son directeur d'études à l'école de journalisme qui l'avait recommandée au magazine londonien de gros tirage qui venait de l'engager. Il lui avait dépeint le job avec tant d'enthousiasme, lui vantant la chance extraordinaire que cela représentait pour elle, qu'elle s'était sentie tenue d'accepter la proposition pour ne pas le décevoir. Mais, après avoir bossé près d'un mois dans le service des informations politiques de la revue, Suzy commençait à croire qu'elle avait commis une *énorme* erreur !

Elle venait de passer deux ans à veiller sur sa mère mourante. Cela l'avait placée en marge des « réalités ». Peut-être était-ce pour cette raison que les méthodes du journal et sa chasse aux scoops la mettaient si mal à l'aise… ?

— Désolée, mais je ne vois pas de colonel, dit-elle à Jeff d'une voix hésitante.

Elle distinguait parfaitement, en revanche, l'homme qui se trouvait à quelques mètres d'eux et dominait de sa haute stature tous les mâles présents. Fascinée, elle l'examina — la bouche sèche, le pouls battant sur un rythme précipité…

L'inconnu se tenait un peu à l'écart, et son attitude distante la piqua. Cela lui donna envie de le rejoindre et de… Quoi donc ? Que voulait-elle ? L'amener à la remarquer ? A lui parler ? A lui dire qu'il éprouvait le besoin inattendu, étrange, impérieux, dévastateur, d'être avec elle tout comme elle aspirait à être avec lui ? « Je deviens folle », pensa-t-elle. Ses jambes lui semblèrent se dérober sous elle et son cœur s'emballa. Elle n'aurait pas su dire si c'était sous l'effet du choc — car elle n'avait jamais éprouvé de sensations aussi affolantes — ou de l'excitation.

De l'excitation ? Pour un homme ? Inconnu, qui plus est ? C'était insensé ! Elle était bien trop raisonnable, bien trop peu *aventurière* pour ressentir cela !

Résolument, elle voulut regarder ailleurs ; mais il tourna la tête dans sa direction au même instant, et cela suffit pour la clouer sur place, soudain envahie d'une chaleur torride qui embrasa le cœur de sa féminité. Seigneur, comment était-ce possible ? Comment pouvait-elle *désirer* cet homme tout juste entrevu ?

« Ce n'est pas moi qu'il observe », constata-t-elle. Son regard portait au-delà d'elle. Cela lui permit de l'étudier tout à loisir. Grand, brun et beau : ces trois mots auraient suffi à le décrire… s'il n'avait été encore mieux que cela ! Infiniment mieux ! La splendeur virile de son physique était inexprimable. C'était vraiment l'homme le plus sexy qu'elle eût jamais vu et verrait jamais ! Il déporta de nouveau son regard et, à l'affolement de ses sens déchaînés, Suzy comprit, avant même de l'avoir vérifié d'un coup d'œil, que c'était maintenant *sur elle* qu'il braquait son attention.

Elle eut l'impression qu'il la radiographiait aux rayons X ! Rougissante, elle s'avisa qu'il fixait sa bouche après l'avoir balayée du regard. Instinctivement, elle entrouvrit ses lèvres comme pour accueillir un baiser, s'en rendit compte, et s'empourpra de plus belle.

Il avait des yeux d'un bleu intense, une peau halée, des cheveux noirs et lustrés comme l'ébène, un profil de dieu grec. Et surtout cet air si particulier, évocateur de draps froissés, d'une sensualité inventive et débridée ; cet air qu'ont les hommes qui savent vous chambouler une femme — dans tous les sens du terme…

Tant bien que mal, Suzy refoula les images indécentes qui lui venaient à l'esprit. Jeff lui dit alors d'un ton bref :

— Tu vas devoir détourner l'attention du colonel pendant que je prends la photo qui m'intéresse.

— Pardon ? dit-elle avec nervosité, en scrutant les personnes qui entouraient l'Altesse Royale. Où… où est-il ?

— Là ! fit Jeff. Juste à côté du prince et du secrétaire d'Etat.

Elle demeura saisie en voyant qui il désignait : c'était *son inconnu* !

— M-mais tu d-disais que c'était un militaire… I-il n'a pas d'uniforme.

Elle balbutiait comme une gamine ! Une gamine qui vient de tomber passionnément amoureuse du bellâtre du lycée ! « Pas de doute, je suis folle », pensa-t-elle.

— Un uniforme ? dit dédaigneusement Jeff. Pourquoi veux-tu qu'il en porte ? Il a quitté l'armée ! Non mais tu es complètement larguée, ou quoi ? Il s'est mis à son compte, maintenant. Il n'a pas besoin de travailler, remarque, avec la fortune et les relations qu'il a. Son père était le cadet d'une très bonne famille du comté, et sa mère est Américaine. Il sort du collège d'Eton, et il a fait ses premières armes en Irlande du Nord, où il a obtenu le grade de commandant. Ensuite, il a été décoré pour services exceptionnels en Bosnie, ce qui lui a valu une nouvelle promotion. Comme je te le disais, il a quitté l'armée, mais pas l'action : il officie en tant que garde du corps. Il est très demandé par les V.I.P. — des hommes d'Etat, des politiciens en vue, ce genre-là. Protection rapprochée haut de gamme.

Ayant murmuré ces informations à Suzy sans quitter sa « proie » du regard, Jeff reprit plus haut, frétillant :

— Non mais regarde ça ! Si j'arrive à prendre cette photo, je n'aurai plus jamais besoin de travailler ! Allez, vas-y ! Distrais le colonel, que je puisse shooter !

Suzy regarda anxieusement le trio que le prince et son interlocuteur formaient avec le colonel, lequel, légèrement en retrait, barrait le passage à quiconque eût voulu approcher l'Altesse Royale.

— Que dois-je faire ?

— Il a fallu qu'ils m'en collent une qui ne connaît pas les ficelles ! s'exaspéra Jeff. On raconte que Roy t'a engagée pour faire plaisir à un ami et parce que tu as de jolies jambes. Il se voit sûrement en train de s'envoyer en l'air avec toi !

Suzy tenta de dissimuler sa gêne. Les insinuations douteuses de son patron, Roy Jarvis, étaient l'une des choses qui lui déplaisait le plus dans ce nouveau job !

Jeff grommelait toujours :

— Tu es une femme, non ? Alors, vas-y, fais ce qui te vient naturellement !

Il s'engagea dans la foule, ne laissant pas d'autre choix à Suzy que de le suivre.

« Ce qui te vient naturellement… » Oh, elle n'était pas en mal d'imagination en ce qui concernait le colonel Soames…

Elle parvint devant lui et leva les yeux sur son visage.

Dieu, qu'il était sexy ! Qu'il était beau !

Réellement alarmée par la violence de son émotion, elle se demanda une fois de plus ce qu'il lui arrivait. Son amie Kate la plaisantait souvent sur sa vie selon elle trop retirée. « Aurait-elle raison ? » songea Suzy. Ce n'était pas normal de réagir avec tant d'intensité à la seule vue d'un homme…

A quoi était-ce dû ? Au costume de soirée qu'il portait ? Il l'arborait avec une aisance, une élégance consommée, et le tissu semblait épouser sa silhouette… De quoi avait-il l'air en uniforme ? En tenue de combat ? Suzy frissonna. Ses dents parfaitement blanches, la puissance de sa musculature l'envoûtaient…

Du coin de l'œil, elle vit que Jeff la foudroyait du regard, l'air de dire : « Qu'est-ce que tu attends ? » Elle fit un pas en avant, esquissant confusément un plan : sourire au colonel, et puis s'excuser de l'avoir confondu avec quelqu'un d'autre ; cela ne prendrait que quelques secondes mais ce répit serait suffisant, espérait-elle, pour que Jeff prenne son cliché.

Se raidissant contre sa propre réticence, car ce genre de

comportement n'était vraiment pas dans son caractère, elle dédaigna son appréhension et fit un second pas en avant.

Elle s'immobilisa aussitôt. Comment, en un seul pas, avait-elle pu se rapprocher du colonel au point de se retrouver pratiquement contre lui ? Il s'était donc avancé lui aussi ? Quand ? Comment ne s'en était-elle pas aperçue ? Voilà qu'elle l'effleurait presque !

Les narines frémissantes, elle perçut les discrets effluves de son eau de Cologne, mêlés à une odeur plus directement virile, corporelle, qui tourneboula ses sens…

Le colonel saisit tout à coup son bras d'une main de fer, et une pulsation tiède sembla naître sur sa chair à ce contact. Elle se sentit plaquée contre le vigoureux torse, si proche d'elle ; les excuses convenues qu'elle avait préparées moururent sur ses lèvres. Comme ensorcelée, elle leva les yeux et, sans plus penser à rien, s'abîma dans les prunelles bleues du colonel.

Vacillante et grisée, subissant le joug du regard qui s'attardait sur sa bouche, elle sentit un frisson la parcourir, laissa échapper un petit soupir de volupté…

Elevant la main en une sorte d'état second, elle pensa effleurer la ligne ferme de cette bouche virile pour le seul plaisir de savoir si cette caresse était aussi érotique que la vision qui s'offrait à elle. Mais, changeant d'idée sans presque s'en rendre compte, elle se hissa sur la pointe des pieds pour presser ses lèvres contre celles de cet homme si séduisant.

Leurs bouches s'unirent, et elle eut le sentiment de pénétrer dans un autre univers.

La rumeur de la salle se fondit en un inaudible murmure, elle oublia le monde extérieur, et se plaqua avidement contre le colonel Soames, aspirant à provoquer en lui une réaction sensuelle, à le voir partager l'élan de désir dévastateur qui la submergeait.

Il la pressa contre lui, plongea une main dans l'épaisseur cuivrée de ses cheveux auburn, glissa l'autre au bas de ses reins pour l'amener à épouser sa vibrante virilité.

Suzy, dont l'expérience sexuelle était limitée, crut perdre la tête. La caresse hardie, savante, inédite pour elle de cet homme, la saveur de son baiser profond la plongèrent dans un véritable chaos sensuel, libérèrent ses fantasmes les plus fous...

Oui, elle le tenait, son mythique chevalier protecteur, son amant fantastique... celui qu'elle appelait de tous ses vœux dans ses rêves... son héros, son âme sœur !

Elle brûlait d'envie de lui dire ce qu'elle ressentait...

Au lieu de cela, elle se vit brusquement repoussée avec fermeté. Désemparée, elle dévisagea son compagnon pour tenter de comprendre sa réaction — et le désespoir s'abattit sur elle : il fixait sur elle un regard d'absolu mépris !

Une vive humiliation, une honte cuisante l'emplirent. Cet homme, son âme sœur ? Allons donc ! Il la toisait comme il aurait toisé son pire ennemi !

Irritation, dédain, hostilité... elle lut tout cela dans son regard, avant qu'il lui oppose une expression indéchiffrable et figée, d'une froideur toute professionnelle.

Mais qu'avait-elle donc fait ? Par quelle aberration venait-elle de se ridiculiser ainsi ? Pourquoi son vieux rêve d'amant idéal, son ridicule fantasme de midinette était-il revenu s'imposer à elle ? Elle avait pourtant fini par admettre qu'il n'avait aucune chance de se réaliser ! Ce n'était qu'un songe, une fantaisie d'adolescente !

Elle n'en entendait pas moins résonner en elle l'écho des mots qu'elle n'avait pas prononcés : « Je t'aime... » Ils se débattaient dans son esprit, tels des prisonniers cherchant vainement à se libérer...

— *Confidences sur l'oreiller*, énonça le colonel Soames, déchiffrant le badge du magazine qu'elle portait épinglé à son corsage. J'aurais dû me douter que vous travailliez pour ce torchon ! Ses méthodes sont aussi vulgaires et infâmes que ses articles !

La souffrance et la colère les plus vives se disputèrent la place dans l'âme de Suzy. Cet homme ne la trahissait-il pas, en se méprenant ainsi sur son compte ? Avait-elle donc l'air d'une manipulatrice ?

— Votre ami vous attend, je crois, ajouta-t-il froidement.

Pourtant, elle sentait encore la brûlure de ses lèvres sur les siennes… Tremblante, elle se détourna vers le seuil, où Jeff était refoulé par un « videur » qui s'était emparé de son reflex.

Le photographe était furieux.

— Qu'est-ce qui t'a pris ? lui dit-il lorsqu'elle l'eut rejoint. Je t'ai demandé de le distraire, pas de lui sauter dessus !

Suzy ne sut pas quoi répliquer. Elle se contenta de s'enquérir en rougissant :

— Tu as eu ton cliché ?

— Oui ! Mais si tu n'avais pas été si occupée à faire du bouche-à-bouche à Soames, tu aurais remarqué qu'un gorille prenait mon appareil ! Alors, quoi ? C'était si bon que ça ? Tu me diras, le colonel passe pour un homme expérimenté… Il a une sacrée réputation de don Juan ! C'est le genre à faire des ravages au lit et en dehors.

Suzy en eut la nausée. Les propos de Jeff la dégoûtaient, et elle était écœurée par sa propre sottise. Quelle mouche l'avait piquée ? Décidément, quelque chose ne tournait pas rond chez elle ! Son amie Kate serait sûrement de cet avis… si jamais elle osait lui raconter ce lamentable épisode !

Kate et Suzy avaient été camarades d'université. Quand Suzy avait décidé de renoncer à ses études pour s'occuper de sa mère malade, Kate avait maintenu le contact. Elle était aujourd'hui mariée, et dirigeait avec son époux une petite agence de voyages, qui marchait remarquablement bien.

Kate poussait souvent son amie à profiter un peu plus de l'existence. Mais Suzy avait des dettes à éponger ! Elle devait rembourser l'emprunt qui lui avait servi à payer ses études et à louer le petit appartement qu'elle avait partagé avec sa mère veuve.

Les yeux mordorés de Suzy s'obscurcirent à l'évocation de sa mère. Celle-ci ne s'était jamais remise de la mort de son mari, tué dans un accident de montagne avant la naissance de Suzy, et elle n'avait cessé depuis de reprocher au disparu cet « abandon »…

En réalité, en grandissant, Suzy avait veillé sur sa mère plutôt qu'elle n'avait été élevée par elle ! L'argent manquait à la maison et, dès son adolescence, elle avait travaillé pour arrondir les fins de mois. Kate lui disait souvent qu'elle devait perdre la mauvaise habitude de subir sans broncher le poids des fardeaux que les autres lui imposaient…

Le colonel Lucas James Soames n'était pas du genre à accepter qu'on fasse appel à sa compassion, en revanche ! se dit soudain Suzy avec amertume. Il rejetterait les solliciteurs sans s'embarrasser de façons !

Agacée de le voir resurgir dans ses pensées, elle eut un élan de rage contre elle-même. Hélas, tel un courant souterrain mal contenu, une souffrance diffuse mêlée à un sentiment de peur la faisaient encore frémir. Pourquoi avait-elle eu une réaction aussi incroyable ? Le désir effréné, la passion débridée… elle ne boxait pas dans cette catégorie !

Elle avait intérêt à oublier ce fâcheux incident. Et vite !

Luke passa en revue le plan détaillé de sa prochaine mission, qu'il avait achevé d'établir. Le prince souhaitait l'engager à son service de façon permanente, mais Luke ne voulait pas lui être ainsi inféodé ! C'était peut-être le sang américain de sa mère, coulant dans ses veines, qui le rendait si rebelle ! Il n'avait jamais aimé ni les mondanités ni la routine. Adolescent, il ne rêvait déjà que de relever les défis, apprendre et mûrir, engranger les expériences...

Ses parents étaient morts dans un accident de voiture alors qu'il avait à peine onze ans. L'armée l'avait confié à sa grand-mère, à l'abri du manoir où son père avait grandi. La vieille dame avait fait de son mieux, mais Luke s'était senti bridé et reclus dans le pensionnat où elle l'avait placé. Il avait toujours su qu'il finirait par suivre les traces de son père et servir son pays. Le jour où il avait été libre de satisfaire son ambition avait été le plus beau de sa vie.

L'armée lui avait offert une carrière, et aussi une famille. Jusqu'au jour encore récent où il s'était réveillé un matin, las d'être confronté à la souffrance et à la mort des autres. Il n'arrivait plus à supporter les hurlements des enfants blessés, le spectacle des civils affamés aux corps amaigris. Et, ayant vu de nombreux soldats passer par cette épreuve, il avait pris sa décision aussitôt. Ses émotions entravaient l'exercice de sa profession ! Il était temps, grand temps de passer à autre chose !

L'armée avait tenté de le retenir, lui avait fait miroiter une nouvelle promotion. Luke ne s'était pas laissé fléchir. Il considérait avoir cessé d'être un soldat fiable et efficace : dans l'alternative d'abattre un ennemi ou de protéger un enfant, il n'aurait plus été capable d'adopter la première option, comme tout combattant se devait de le faire.

Quant à intégrer le staff de Son Altesse Royale, ce n'était pas pour lui ! C'était une existence trop paisible et policée comparée à celle d'un soldat ! Même s'il y avait des points communs entre les deux..., songea Luke en se rembrunissant. Ah, ces reporters femelles ! Comme il les méprisait ! Elles étaient bien pires que leurs collègues masculins, selon lui. Elles ne reculaient devant rien pour obtenir une exclusivité, sans se soucier des dégâts qu'elles pouvaient causer. Une ombre de souffrance obscurcit fugitivement son regard, et sa blessure à peine cicatrisée, juste en dessous de sa hanche, fut traversée d'un élancement...

Il serra les mâchoires. Suzy Roberts et ses pareilles étaient aussi ignominieuses que les torchons qui les employaient. D'ailleurs, pouvait-on appeler cela des journalistes ? Des *charognards*, plutôt !

Il reporta son attention sur son travail, mais ne parvint pas à se concentrer. Suzy Roberts hantait obstinément ses pensées...

Mais que lui arrivait-il ? Sa chevelure auburn et l'intensité de son regard vert aux reflets mordorés semblaient avoir affecté ses capacités de raisonnement !

L'avait-elle pris pour un imbécile ? Car enfin, comment avait-elle pu espérer l'abuser avec sa petite comédie ? Ce regard noyé, ce frisson qui l'avait parcourue lorsqu'il l'avait touchée...

Agacé, il alla ouvrir toute grande la fenêtre pour aspirer à pleins poumons l'air froid et sec. Son célibat involontaire des dernières années avait dû l'affecter...

Au point d'aller jusqu'à désirer une femme comme Suzy Roberts ?

Sûrement pas ! pensa-t-il — bientôt démenti par la réaction traîtresse de la partie la plus virile de son anatomie.

Il se faisait tard, et il avait un rendez-vous professionnel. Il se hâta d'achever sa tâche, gagna ses appartements privés en effectuant, machinalement, les vérifications coutumières. Quand on avait été membre d'un commando, on gardait certains réflexes toute la vie. Même s'il ne pouvait plus aujourd'hui...

Refoulant des pensées importunes, Luke entra dans sa suite et se dirigea vers la douche.

Il enleva ses vêtements puis se glissa sous le jet. Des éclats de lumière vinrent éclabousser d'anciennes cicatrices sur son torse — ainsi que celle, plus fraîche, qui zébrait le bas de son corps…

Après s'être lavé il traversa, nu, le sol en marbre pour aller prendre, dans le tiroir du dressing de sa chambre, un slip de rechange. Quand on avait passé des semaines, et parfois même des mois sur le terrain, dans l'obligation de porter chaque jour le même T-shirt et la même combinaison de combat maculée de boue, quand on avait connu les rigueurs du désert, on savait apprécier, comme lui, la luxueuse volupté d'une douche d'eau claire !

2.

Six mois plus tard

Suzy contempla les yachts qui s'abritaient dans le ravissant petit port de la Riviera italienne. Deux vacancières la dépassèrent, parées de toilettes signées par un grand couturier et fardées comme des stars.

Suzy avait fait de son mieux pour se vêtir ainsi qu'il convenait pour un lieu de villégiature aussi sélect : pantalon en lin blanc, débardeur assorti, sandales, et lunettes noires de rigueur. Mais elle savait bien qu'elle n'était pas du tout à sa place dans ce monde !

C'était ce qu'elle avait tenté d'expliquer à Kate, lorsque celle-ci lui avait proposé de profiter de la semaine de vacances offerte par un client de l'agence — ni elle ni son mari, retenus par leur travail, ne pouvant quitter Londres.

— Kate ! Je n'ai pas le droit d'abuser de ta générosité ! avait protesté Suzy.

— Ce n'est pas de la générosité. Tu as besoin de faire une pause. Tu en as vu de dures, ces dernières années. Il a fallu que tu t'occupes de ta mère mourante, que tu travailles d'arrache-pied pour obtenir ton diplôme. Sans parler de cet horrible job !

— Je n'aurais pas dû donner ma démission, avait soupiré Suzy. Mon directeur d'études s'était donné tant de mal pour m'obtenir cette place ! Je me sens vraiment coupable.

— Coupable ! C'est un comble ! avait explosé Kate. Tu es la première à dire que ce journal n'a aucune moralité. Quant à ton boss… c'est un beau salaud. Ce sont ces gens qui devraient se sentir coupables, pas toi ! Je n'admets pas qu'ils s'en tirent aussi facilement, d'ailleurs. Tu sais très bien ce que j'en pense : tu aurais dû porter plainte pour harcèlement sexuel !

— Ce n'était pas facile. J'étais la seule femme de l'équipe. Personne ne m'aurait soutenue.

— Ecoute, Suzy, je te sais forte et indépendante, mais tout de même. Pense un peu à toi, pour une fois ! Mets-toi au vert. Prends un temps de détente et de réflexion afin de repartir sur d'autres bases. Je tiens à t'y aider, et je serai très vexée si tu refuses.

Suzy avait dit oui. Du reste, les propos de Kate étaient frappés au coin du bon sens…

Elle ne se remémorait pas sans trembler la scène affreuse qui s'était déroulée au magazine, le jour où elle avait remis sa démission. Les insultes obscènes que son patron lui avait hurlées au visage la faisaient encore frémir de gêne et de dégoût.

— Ce n'est pas toi qui pars, c'est moi qui te vire ! lui avait-il crié. Je ne vais pas m'en laisser conter par une petite traînée comme toi !

Publiquement, il avait prétendu qu'elle lui avait offert de coucher avec lui en échange d'une promotion… et en privé, il lui avait déclaré qu'il était prêt à se rétracter si elle voulait bien passer à la casserole !

Roy Jarvis était peut-être le rédacteur en chef d'une revue à gros tirage, mais pour elle, il était l'homme le plus corrompu et le plus abject qu'elle eût jamais rencontré. Il dressait ses journalistes à tout oser pour obtenir un scoop et, au milieu d'un tel panier de crabes, Suzy s'était sentie plus perdue qu'une gazelle dans une cage aux lions !

Kate avait raison, elle avait besoin de réfléchir et de repartir sur de nouveaux rails ; besoin de faire le point sur ses sentiments, ses émotions…

Elle ferma les yeux, affolée à l'idée d'être envahie par de douloureuses pensées… et s'efforça de se concentrer sur des problèmes pratiques.

Son passé l'avait affectée, c'était certain. Mais elle n'en avait pas moins besoin de gagner sa vie ! Et ce n'était pas en se laissant aller à accepter les cadeaux de Kate qu'elle allait y parvenir…

Ces vacances l'aideraient peut-être, cependant, à cesser de rêver à l'homme qu'elle aurait *dû* oublier…

Ce joli village italien, perché sur les collines pentues d'une petite baie, était un lieu idéal pour se ressourcer et revenir, peut-être, à son premier désir : devenir archiviste. Si son directeur d'études avait raillé cette ambition, Suzy était très attirée par le calme, le côté « cloîtré » d'une telle carrière.

Contournant les restaurants chic du port, elle emprunta le sentier escarpé qui menait au sommet de la falaise. Elle y parvint au bout d'une heure de marche, et s'arrêta un instant pour admirer le splendide paysage.

Une autre colline s'élevait à peu de distance, sur le chemin. Curieuse de voir ce qu'il y avait au-delà, Suzy gravit la pente raide. Essoufflée mais éblouie, elle découvrit une verdoyante vallée en contrebas, et une superbe villa palladienne nichée en son cœur. Il fallait à tout prix qu'elle prenne une photo pour montrer ce joyau à Kate et à son mari !

Fouillant dans son sac, elle en tira l'appareil numérique que son amie lui avait confié.

— Si tu prends de bonnes photos, nous pourrons les utiliser

sur notre site Web, avait décrété Kate pour triompher de sa réticence.

Comme Suzy objectait qu'il s'agissait d'un appareil de grand prix, Kate avait haussé les épaules.

— Nous avons une assurance. Si tu le perds — mais je suis sûre que tu ne le perdras pas — nous le remplacerons sans peine.

Suzy avait donc consciencieusement photographié tout ce qui était susceptible d'intéresser son amie, et elle savait que Kate adorerait cette merveilleuse villa sertie dans ce sublime panorama. Du poste d'observation privilégié où elle se trouvait, elle apercevait ses jardins bien ordonnés, les hauts murs qui les entouraient, et le lac qui s'étalait au loin, nanti d'une grotte pittoresque.

Elle cadra la villa dans le viseur ; puis s'interrompit un instant, alors que le soleil venait frapper le boîtier métallique, pour regarder avec étonnement quatre hommes imposants, en uniforme militaire, qui se dirigeaient vers une grosse Mercedes noire presque dissimulée à la vue, au-delà de l'entrée de la villa. Quelle vision impressionnante ! Il fallait à tout prix qu'elle prenne une photo ! Qui pouvaient bien être ces gens ?

Comme il traversait la cour après avoir raccompagné jusqu'à leur Mercedes les quatre officiers de la Sécurité africaine venus inspecter la villa — à l'improviste et en dépit de ses instructions les plus strictes ! —, Luke se figea en captant un éclat de lumière révélateur : le soleil venait de se réfléchir sur un objet en métal au sommet de la colline escarpée qui dominait la villa.

Instinctivement, il sortit ses jumelles et les braqua dans cette direction.

Il avait tout tenté pour ne pas accepter cette mission. Mais, par l'intermédiaire de son ex-commandant en chef et d'autres connaissances, on avait exercé sur lui des pressions amicales, auxquelles il avait fini par céder. Non sans avoir demandé à savoir, auparavant, pourquoi on ne faisait pas appel, en la circonstance, aux services officiels de contre-espionnage.

— Parce que l'affaire est trop explosive, mon vieux ! lui avait-on répondu. Et parce que nous n'avons personne de ton calibre à notre disposition.

Veiller à ce que le ministre des Affaires étrangères puisse s'entretenir avec le président d'un Etat africain turbulent sur des questions politiques sensibles, sans éveiller la curiosité des médias ou de certaines factions du pays africain concerné, cela exigeait des précautions particulières et une vigilance de chaque instant ! Luke ignorait qui avait eu l'idée, démente selon lui, d'organiser cette rencontre secrète à proximité d'un port italien très fréquenté, lieu de villégiature des gens riches et célèbres… qui y étaient suivis par une nuée de paparazzi !

Bien entendu, il s'était efforcé de changer le lieu de la rencontre. Mais on avait passé outre ses recommandations. Un petit malin des services secrets avait suggéré que personne n'irait soupçonner le ministre de mener des négociations politiques alors qu'il était en vacances avec ses enfants dans une station balnéaire.

En apprenant que des enfants seraient présents sur place, Luke avait bondi, véritablement furieux. Les services secrets pouvaient débiter toutes les platitudes et les promesses qu'ils voulaient, c'était là une mission dangereuse ! Alors, y mêler des enfants !

Quant au président de l'Etat africain, il voulait amener ses propres gardes du corps. Il était, de surcroît, obsédé par la crainte d'une trahison.…

Si les choses se gâtaient pour une raison ou une autre, Luke ne voulait pas avoir à s'inquiéter de deux jeunes enfants et de leur père : il l'avait dit sans ambages au ministre des Affaires Etrangères, Sir Peter Verey, lorsqu'il l'avait rencontré, lui suggérant que ses enfants seraient mieux avec leur mère.

— Mon cher, lui avait déclaré Sir Peter de sa voix traînante, j'aimerais pouvoir vous satisfaire, mais mon ex-femme insiste pour que je les prenne avec moi. Il paraît que je manque à mes devoirs de père. Vous connaissez la chanson.

Luke savait tout ce qu'il y avait à savoir sur l'ex-épouse de Sir Peter : elle l'avait quitté pour un industriel milliardaire, lequel n'aimait guère les enfants de sa nouvelle compagne… si bien qu'elle les avait expédiés en pension !

Luke balaya la colline à l'aide de ses jumelles, en quête de l'individu dont un reflet solaire venait de dénoncer la présence.

Il ne lui fallut pas longtemps pour le repérer. Il n'y avait nul besoin, d'ailleurs, d'être un homme aussi entraîné que lui pour y parvenir. Une femme se trouvait au sommet, photographiant la villa sans se cacher. Une femme ? Luke se rembrunit, scrutant à travers ses jumelles le visage familier, reconnu dans la seconde : Suzy Roberts ! La journaliste de *Confidences sur l'oreiller* ! Machinalement, il explora les abords du point où elle se tenait pour voir si elle était seule, puis la cadra de nouveau dans son objectif.

Elle semblait plus mince et plus pâle. Pourquoi n'avait-elle pas mis de chapeau pour affronter le soleil éclatant quand elle avait, de toute évidence, une peau claire, délicate et fragile ?

Et comment diable avait-elle eu vent de ce qui se déroulait ici ? Roy Jarvis, le directeur du journal pour lequel elle travaillait, s'était fait une spécialité de « révéler » les faiblesses et les vices des hommes de pouvoir, et de publier des nouvelles à sensation. Et quelqu'un le renseignait, c'était clair.

Luke était certain que personne n'avait pu ouvrir une brèche dans les mesures de sécurité extrêmement rigoureuses qu'il avait mises en place. S'il avait été chargé de neutraliser la mystérieuse source d'information, il y avait belle lurette qu'il n'y aurait plus eu de fuites !

Cependant, il n'était pas le seul au courant des futurs entretiens secrets du ministre et, manifestement, Roy Jarvis l'était aussi : il avait envoyé en éclaireur Suzy Roberts, pour qu'elle enquête et lui confirme la nouvelle, ce qui lui permettrait d'en faire un article ravageur. Après tout, une journaliste telle que Suzy possédait un atout supplémentaire pour parvenir à ses fins : sa sensualité. Et elle ne répugnait guère à s'en servir !

Luke avait vu ses pareilles à l'œuvre dans les pays en guerre, et il savait « de première main », si l'on pouvait dire, que Suzy Roberts ne reculerait devant rien !

Il se faufila hors de la propriété, progressant rapidement et résolument vers sa proie.

Ignorante du danger, Suzy admira une nouvelle fois la villa avant de lever son appareil photo et de prendre un cliché. Luke, qui avait contourné la colline pour la surprendre à revers, choisit précisément cet instant pour s'élancer et saisir le boîtier…

On essayait de lui voler l'appareil ! Suzy se retourna — et se figea aussitôt, choquée et incrédule, tandis que Luke la dépouillait de l'objet.

— Que faites-vous ? dit-elle dès qu'elle recouvra l'usage de la parole.

Lucas Soames, ici ! Elle pâlit et rougit tour à tour, son cœur fit une embardée, et elle eut l'impression de se mettre à trembler de la tête aux pieds. Des émotions qu'elle avait crues anéanties revenaient en foule, menaçant de la submerger…

— Rendez-moi mon appareil !

Elle écarquilla les yeux en voyant que Lucas effaçait les photos qu'elle avait prises.

— Non ! protesta-t-elle, cherchant à lui arracher le boîtier.

Luke la feinta d'un mouvement rapide, puis la saisit par le poignet pour la maintenir à distance tandis qu'il achevait l'opération.

Dans un élan désespéré, Suzy ferma les yeux pour ne plus le voir. Mais ses autres sens prirent immédiatement le relais, se focalisant sur le contact de sa main virile, savourant la fermeté de son étreinte, la texture de sa chair, la fraîcheur de sa peau mate...

Pourquoi cet homme lui faisait-il ressentir de telles choses ?

Luke l'examina en silence, jaugeant son attitude et ses réactions. Elle jouait de façon convaincante le désarroi et la détresse...

Il ne pouvait qu'applaudir ses talents de comédienne. Combien de victimes avait-elle à son tableau de chasse ?

— Pourquoi photographiiez-vous la villa ?

Cette interrogation la prit par surprise. L'intensité glaciale avec laquelle il la scrutait la mettait sur les nerfs, et un frisson d'appréhension la parcourut.

— Pourquoi ne le ferais-je pas ? répliqua-t-elle.

C'était bien plus confortable de se montrer hostile. Infiniment moins dangereux en tout cas que ces sensations vertigineuses, ce désir lancinant qu'elle avait éprouvés la première fois qu'elle avait rencontré cet homme. « N'y pense pas ! » s'intima-t-elle, espérant barrer la route aux souvenirs.

A sa vue, elle avait cru voir une vive lumière irradier un ciel lourd de nuages, et atteindre le paradis...

26

Mais à présent, tout avait changé. *Elle* avait changé ! Inspirant profondément et haussant les épaules avec une désinvolture calculée, elle reprit :

— Tous les gens qui sont en vacances prennent des photos, c'est naturel.

Elle maîtrisait le langage de son corps, admit Luke. Mais pas parfaitement ! Les battements de ses longs cils lui révélaient qu'elle mentait ! Il sentit monter en lui un élan de colère et s'empressa de le mater, inquiet à l'idée que cette femme pouvait avoir raison de son sang-froid.

— En *vacances* ? lança-t-il cyniquement. Vous ne pouvez pas trouver un meilleur alibi que celui-là ?

Qui aurait vu en cet instant l'expression de Suzy Roberts — ses yeux mordorés flamboyants, son visage empourpré — aurait juré qu'elle s'indignait d'une attaque imméritée. Mais lui, il savait qu'elle trichait. Il ne pouvait en être autrement, étant donné qui elle était. Et d'ailleurs, elle détournait maintenant le regard, incapable de soutenir le sien !

Frénétiquement, Suzy se demanda ce que Lucas Soames voulait insinuer. Avait-il deviné l'effet qu'il produisait sur elle ? S'imaginait-il qu'elle l'avait suivi jusqu'ici, par désir pour lui ?

— Très bel appareil, décréta-t-il, l'arrachant à ses pensées. Et cher.

— Il n'est pas à moi mais à mon amie, lui dit-elle, sur la défensive.

Luke perçut fort bien son malaise et son expression coupable. Curieusement, il fut plus déçu que satisfait de constater que ses soupçons étaient justifiés. Il ne manqua pas de s'irriter de sa propre réaction et, résolu à étouffer dans l'œuf des sentiments aussi peu appropriés, il riposta d'un ton glacial :

— Votre ami ? Alors, maintenant, Roy Jarvis n'est plus seulement votre employeur ! C'est aussi un ami !

Outrée par cette double méprise, Suzy secoua vigoureusement la tête.

— Je ne travaille plus pour le magazine. Je… j'ai démissionné.

— A d'autres !

— C'est vrai, insista-t-elle. Je ne travaille plus pour eux. Vous n'avez qu'à vérifier si vous ne me croyez pas !

Luke remarqua que ses yeux étaient en cet instant plus verts que mordorés. Fallait-il y voir le reflet de sa nature passionnée ? Zut, il se laissait distraire. Mauvais, cela !

— Oh, je suis sûr que vous avez donné votre démission officielle ! Mais il est de notoriété publique que votre patron, *votre ami*, est le champion du double jeu. Il vous a envoyée ici en sous-marin, et c'est la raison pour laquelle vous êtes venue photographier cette villa et espionner !

La dureté sarcastique de son intonation, ajouté au froid dédain qu'il lui opposait depuis quelque temps, eurent raison de la patience de Suzy.

— C'est ridicule ! s'écria-t-elle avec vigueur. Pourquoi m'enverrait-il faire une chose pareille ? Les gens célèbres sont à la station balnéaire, pas dans cette villa ! Quant à *espionner*… j'ai une morale, figurez-vous !

Elle lui décocha un regard excédé et noir. Elle aurait pu tout aussi bien souffler dans un violon ! Pour l'effet que cela avait sur le colonel Soames…

— Très impressionnant, ironisa-t-il. Mais vous gaspillez votre salive. Je ne suis nullement abusé par vos protestations d'innocence. Je sais parfaitement de quoi vous êtes capable ! L'auriez-vous oublié ? J'ai des informations de première main sur votre *code moral* !

Ces propos humilièrent Suzy et surtout la blessèrent. Comment pouvait-il lui dire des choses pareilles ? N'avait-il donc pas senti qu'elle l'avait embrassé ainsi parce qu'elle n'avait pas pu s'en empêcher ? Par désir éperdu et non par calcul ?

Elle se surprit à revivre les émotions qu'elle avait alors éprouvées. L'angoisse la prit. S'imaginait-il vraiment qu'elle était de ces femmes qui… ?

— Je ne… Ce n'était pas… Si j'ai fait ça, c'est parce que…

De nouveau, Luke la fit taire d'un geste abrupt.

— Parce que vous pensiez que c'était un excellent moyen de procurer un écran protecteur à votre acolyte ! Hélas pour vous, cela n'a eu aucun effet.

Il marqua un temps d'arrêt, puis ajouta brutalement :

— Et le baiser non plus !

« Mais où ai-je la tête ? » se demanda Luke tandis qu'un silence de mort accueillait sa réplique et qu'il était contraint de se remémorer le fatal baiser. Une femme aussi aguerrie que celle-ci avait sûrement senti sa réaction virile et joui de son trouble. Elle n'allait pas tarder à le lui rappeler, et à le mettre au défi de nier le fait. Or, s'il était un terrain sur lequel Luke refusait de se laisser entraîner, c'était bien celui-là ! C'était beaucoup trop incertain, trop périlleux !

Oui, cette femme avait provoqué chez lui une réaction sensuelle : il n'en disconvenait pas. Oui, pendant un instant fugitif, il avait éprouvé pour elle le désir le plus dévastateur, les émotions les plus extraordinaires qui soient. Mais il s'était agi d'un éphémère aberration, vite maîtrisée, et qui n'avait pas laissé de traces durables !

— De quoi Jarvis vous a-t-il chargée, en dehors des photos ? s'enquit-il rudement, réorientant leur confrontation dans la bonne voie.

Suzy, qui se débattait toujours avec ses propres sentiments, s'exclama avec fureur :

— Il ne m'a rien ordonné du tout !

Sa colère ne l'empêchait pas de percevoir avec acuité l'odeur virile, légèrement musquée, de Lucas Soames. Elle était frappée par la façon dont le soleil venait luire sur ses avant-bras musclés ombrés de poils. Le T-shirt blanc qu'il portait n'était pas spécialement moulant, mais révélait tout de même la puissance de son torse et la largeur de ses épaules…

Son cœur se mit à faire des bonds désordonnés dans sa poitrine et elle tenta en vain de détourner les yeux de ce spectacle tentateur. De nouveau, elle se sentit happée par un maelström de sensations…

Elle devait à tout prix quitter cet endroit, s'éloigner de Lucas Soames, et le plus vite possible ! Elle finirait sinon par avoir des mots malheureux, qui révéleraient à cet homme ce qu'elle éprouvait pour lui.

Non, rectification : ce qu'elle *avait* éprouvé.

Poliment, elle déclara :

— Je regrette que vous ne vouliez pas me croire. Je vous assure que je vous dis la vérité. Je ne travaille plus pour ce magazine, et personne ne m'a demandé de venir ici. Comme je vous l'ai déjà expliqué, je suis en vacances !

— En vacances ? Toute seule ? fit Luke d'un ton dubitatif et provocant.

Il promena sur son visage, puis sur son corps, un regard à la fois impitoyable et éloquent.

— Je… j'avais besoin de solitude… pour réfléchir…, balbutia-t-elle.

« Il faut que je m'en aille d'ici ! »

— De solitude ? *Vous* ? ricana-t-il, la faisant rougir.

Il continua, sans lui laisser le temps de répliquer :

— Si vous ne travaillez plus pour Roy Jarvis, pour qui alors ?

— Je n'ai pas de travail pour le moment. Pas encore, sauf…

Elle se tut, ramenée à son inquiétude intime au sujet de son propre avenir. Vu le mépris qu'il lui manifestait, elle n'allait pas lui dire qu'elle avait accepté un job dans un supermarché local afin de joindre les deux bouts !

Soudain lasse de cette confrontation, elle lança :

— Pourquoi m'interrogez-vous ainsi ? Ce n'est pas parce que vous protégez un gros bonnet du gouvernement que ça vous donne le droit de me traiter en… en… criminelle. Qu'est-ce qu'il y a ? Pourquoi me regardez-vous comme ça ? acheva-t-elle avec une nervosité mêlée de peur.

Elle avait senti que quelque chose avait changé ; que la colère qu'elle avait perçue chez Lucas venait de céder la place à une détermination froide.

— Comment savez-vous qui se trouve à la villa ? lui demanda-t-il avec un calme inquiétant.

Elle fut d'abord si interloquée qu'elle ne put répondre. Etait-ce vraiment *CELA* qui avait provoqué chez lui un tel changement ?

— J'ai entendu quelqu'un mentionner sa présence, répondit-elle en toute sincérité. Je le croyais en vacances. Mais maintenant que je vous ai vu, et que j'ai vu ces hommes qui s'en allaient, tout à l'heure, je devine que…

Il la coupa d'une voix doucereuse :

— Oui, que devinez-vous ? Quelque chose qui intéresserait au plus haut point votre patron ? Quelque chose que vous avez hâte de rapporter à Jarvis ?

— Mais non ! s'écria-t-elle, effarée. Il n'est plus mon patron, je vous l'ai déjà dit !

Et, en voyant de quel air Lucas la regardait, elle prit peur.

— J'avais donc raison, lâcha-t-il. Vous réalisez, bien entendu, ce que cela signifie ?

Elle le dévisagea sans comprendre.

— Qu'est-ce que ça signifie ?

Lucas serra les mâchoires. Il en avait assez de ce petit jeu ! Suzy Roberts prenait peut-être plaisir à passer tour à tour du rôle de l'ingénue à celui de la femme fatale, mais lui... Il se raidit, gagné par une tension sourde, cherchant à refouler des souvenirs : le corps de Suzy contre le sien, le goût de sa bouche, la senteur de sa peau...

D'un mouvement farouche, il détourna la tête. Cette femme représentait une... une complication indésirable, et dont il ne voulait pour rien au monde ! Il était déjà assez contrariant que Jarvis eût envoyé un de ses journalistes jusqu'ici ! Il avait fallu en plus que ce soit Suzy Roberts... !

Que savait-elle, exactement ?

Il avait détruit les photos qu'elle avait prises des gardes du corps du président africain. Mais il ne pouvait effacer cette vision de sa mémoire ! Et il était hors de question qu'il lui laisse la possibilité de communiquer ce qu'elle avait vu à quelqu'un ! Surtout si ce quelqu'un était Roy Jarvis, qui s'empresserait de publier cela dans son torchon !

En réalité, il n'avait qu'une seule solution — et elle était loin de l'emballer !

Luke n'aimait guère les journalistes, hommes ou femmes. Il avait vu de près les ravages que pouvaient causer leur obstination à obtenir un scoop : des civils innocents avaient perdu la vie, des combattants été mis en péril ! Il avait vu des enfants à demi morts de faim lutter pour un peu d'eau et une poignée de riz... tandis que des reporters vedettes ne songeaient qu'à filmer leur pitoyable quête. Il avait vu pire que cela encore !

Il fit un mouvement, et la cicatrice qui marquait le bas de son ventre tiraillla sa chair...

Oui, des années de pratique lui avaient appris à se méfier profondément des médias. Et il ne ferait pas exception en ce qui concernait Suzy Roberts ! Pour lui, tous les journalistes étaient hautement suspects, voire coupables, et il fallait les maintenir sous la surveillance la plus stricte.

— Vous réalisez, bien sûr, que je ne saurais vous permettre de révéler à quiconque ce que vous avez vu ? fit-il.

— Mais je ne vais le dire à personne ! s'exclama-t-elle.

— Le plus simple, je suppose, poursuivit placidement Luke, serait de vous confisquer votre passeport et de vous flanquer en prison.

Suzy pâlit. Si elle avait du mal à croire à ce qu'elle venait d'entendre, le colonel Lucas Soames n'avait pas l'air de plaisanter !

— Co-comment ? Non, vous ne pouvez pas faire ça !

— Oh, si, je le peux. Cependant, vu de quoi vous êtes capable pour parvenir à vos fins, le plus sûr est de vous retenir là où vous ne pourrez avoir aucun contact avec Roy Jarvis.

— C'est-à-dire ? s'enquit-elle avec angoisse.

— Je vais vous ramener avec moi à la villa. A titre de compagne.

3.

— PARDON ?

Abasourdie, Suzy s'efforça de saisir la teneur et la portée de ses propos.

Sa compagne ! Mais cela impliquait... Dans un élan de peur et d'espoir mêlés qui la fit vibrer comme une corde de guitare, elle pensa : Compagnons ! Amants... âmes sœurs ! Oh, non, elle ne voulait pas de cela... Elle n'était pas assez forte pour résister à cette forme de torture !

— Non... non ! Vous ne pouvez pas faire ça. Je refuse !

Comme il avait relâché son poignet, elle avait reculé tout en parlant et, mue par la giclée d'adrénaline qui jaillissait soudain dans ses veines, elle pivota sur elle-même pour se mettre à courir.

Ne songeant qu'à sa fuite, elle ne se soucia même pas de rester sur le chemin qui conduisait à la station balnéaire. Au lieu de cela, elle s'élança en avant, dévala la pente raide — envoyant valser sous ses pas, dans sa course éperdue, des mottes de terre et de menus cailloux.

Luke la regarda faire, conscient de pouvoir la rattraper sans peine ; puis il se rembrunit en la voyant se ruer droit sur le danger : une sorte de large saillie de roches déchiquetées située en plein milieu de sa route. Il s'attendit à la voir changer de direction, car sinon, le roc la frapperait de plein fouet… Nom d'un chien, elle allait bel et bien s'y précipiter !

Quelques pas seulement séparaient Suzy du promontoire rocheux quand il la rejoignit. La jeune femme se sentit alors projetée vers le sol. Cependant, à son grand étonnement, ce ne fut pas elle qui atterrit à même la terre meuble ; ce fut Lucas — et elle se retrouva allongée sur lui, fermement maintenue entre ses bras.

Une de ses mains lui enserrait la tête, l'autre son corps. Effrayée, le souffle court, elle tenta de se libérer… et découvrit qu'elle pouvait à peine remuer.

— Lâchez-moi ! cria-t-elle.

— Arrêtez tout de suite, petite folle, sinon nous…

Lucas se tut en sentant qu'une des mains voletantes de Suzy venait toucher le coin de sa bouche. Puis, en dépit de ce que lui soufflait son instinct, en dépit de son entraînement, en dépit même de sa propre volonté, il entrouvrit les lèvres et happa deux des doigts qui s'agitaient contre sa chair.

A la fois choquée et pénétrée d'une sensation de chaleur subite, Suzy se figea. Lucas Soames avait pris ses doigts dans sa bouche et les léchait…

Oubliant ce qui s'était produit, oubliant sa fuite désespérée, elle s'abandonna corps et âme au plaisir qui l'inondait tout entière…

Ce contact tiède et humide faisait surgir dans son esprit de délirants fantasmes. Un désir sourd et douloureux irradiait ses cuisses…

Non ! Elle retira vivement ses doigts.

Frustré, Luke réagit aussitôt. Sa main placée sur la nuque de Suzy entra en action, amenant vers lui le visage de la jeune femme, et il prit sa bouche dans un baiser punitif, sensuel et ravageur.

Suzy voulut résister ; il était trop tard. Déjà, ses lèvres la trahissaient, s'amollissant sous la caresse de leur ravisseur ! Il n'était guère surprenant que Lucas Soames y voie une invite à explorer plus intimement leurs contours, à s'y frayer un passage avec sa langue, et y parvienne sans rencontrer d'opposition. Captive de ses bras robustes, Suzy ne put que se soumettre.

Se soumettre, vraiment ? Pouvait-on appeler cela de la soumission alors que ses lèvres s'ouvraient au baiser, que sa propre langue accueillait avec délices celle de l'envahisseur ? Des sensations inouïes la traversaient, attisant son désir fiévreux, et, se cramponnant au corps du colonel, elle fit la sourde oreille à l'alarme qu'actionnait sa raison. Elle s'abandonnait ! Elle s'autorisait à rêver que la folle et exigeante pression de ses lèvres viriles sur les siennes avait une signification toute particulière, et qu'il avait, tout comme elle, l'impression qu'ils étaient… faits l'un pour l'autre ?

Elle émit un soupir de gorge, voluptueux et choqué tout à la fois, tandis que Luke se reculait, et cherchait sans succès une explication logique à sa propre réaction.

Et à ce qu'il ressentait !

Il perçut avec acuité la tension de ses muscles, comme il tentait de dompter son excitation sensuelle. Que lui arrivait-il donc ? Physiquement, il était capable de dominer la violence de ses réactions, son désir brutal, sauvage, viscéral de prendre cette femme ; mais c'était avant tout ce qui se passait en lui, dans son esprit, qui l'inquiétait. Jamais il n'avait mélangé, jusqu'ici, vie professionnelle et vie privée. Et jamais il n'avait autant désiré une femme — preuve en était ce baiser aussi dévorant qu'insensé !

Furieux contre lui-même, il lutta pour ignorer le sentiment de perte et de frustration que lui inspirait la rupture de leur échange sensuel ; pour ignorer la voix intérieure qui lui criait de continuer, de cueillir au creux de ses paumes les seins doux de cette femme, de sentir leurs pointes se raidir sous la caresse de ses doigts…

— Vous relâcher ? lança-t-il à Suzy comme si le baiser n'avait jamais eu lieu. Mais regardez donc un peu !

Il fit basculer légèrement leurs deux corps, pour qu'elle puisse voir — à moins d'un mètre ! —, la saillie rocheuse de justesse évitée.

— Vous alliez droit dessus ! Si je ne vous avais pas arrêtée, vous vous y seriez fracassée !

Suzy frémit.

— J'en étais très loin ! mentit-elle.

Sans trop savoir pourquoi, elle enfouit son visage au creux de l'épaule de Lucas en frissonnant.

Luke l'écarta aussitôt de lui.

— Si j'avais eu le moindre sens commun, je vous aurais laissée faire, marmonna-t-il. Ça m'aurait évité bien des ennuis.

Il la méprisait donc autant que cela ?

— Qu'est-ce qui vous a retenu, alors ? lui rétorqua-t-elle. Pour ma part, j'aurais trouvé cela préférable à ce que je viens de subir !

Luke dompta avec difficulté l'impulsion qui le poussait à l'embrasser encore pour lui prouver le contraire. Il répliqua sur le ton de la dérision :

— Si vous cherchez à me convaincre que la mort vous paraît préférable au déshonneur, c'est raté !

« Non, ce n'est pas à cause de cet homme que ces mots me font mal, pensa Suzy. C'est moi qui suis en colère contre moi-même. »

Elle n'osait regarder encore les rochers en contrebas, et s'avoua que, si Lucas Soames ne lui avait pas forcément sauvé la vie, il lui avait en tout cas évité un accident grave.

Elle ne pouvait nier cela. Elle ne pouvait pas oublier non plus le contact de son corps d'athlète : les bras fermes qui la retenaient, la protégeaient physiquement, mais installaient aussi une dangereuse intimité…

Elle avait beau renâcler à l'admettre, Lucas Soames avait réussi à lui prouver, avec ce baiser dévastateur, qu'elle était loin d'avoir maîtrisé l'élan de « folie passagère » de leur première rencontre. Oui, elle était loin d'être guérie… elle était même encore plus vulnérable, encore plus sensible à cet homme !

Elle fit un léger mouvement, impatiente de se libérer, et s'immobilisa presque aussitôt, terrifiée par la réaction instantanée de ses sens. En s'empourprant de honte, elle espéra que Lucas Soames ne s'apercevrait de rien. Les pointes de ses seins raidies butaient contre le tissu de son débardeur et un désir lancinant pulsait au cœur de sa féminité…

Alors qu'elle se désespérait des sensations dont elle était la proie, elle entendit Lucas lui dire avec rudesse :

— Malheureusement pour moi, je préfère protéger la vie humaine plutôt que de la détruire.

— Protéger la vie ? fit-elle avec dédain, soulagée de cette diversion à son trouble. Vous étiez soldat ! Les militaires ne protègent pas la vie, ils la…

Elle ne put aller plus loin. Lucas resserra son étreinte ; elle vit flamber une colère accrue dans son regard.

— J'aurais dû m'attendre à cette méchanceté gratuite de votre part. Et à ce jugement erroné ! Dans l'armée moderne, le devoir du soldat est de provoquer le moins de pertes humaines possible !

Suzy constata que la violence de sa réaction était hors de proportion avec les propos qu'elle avait tenus. Elle refusait de se laisser intimider, d'ailleurs. Peut-être préférait-il *en général* sauver des vies mais, en ce qui la concernait, elle le soupçonnait fort d'avoir été tenté de faire une exception ! S'il avait agi ainsi, c'était par instinct, et parce que son entraînement était comme une seconde nature !

Les femmes journalistes, quelle engeance ! pensa Lucas, un goût amer à la bouche. Pourtant, en dépit de tout ce qu'il ressentait à ce sujet, il n'avait toujours pas relâché cette femme… Avec une ironie acide, il tenta de se convaincre que c'était pour ne pas risquer de la voir prendre la fuite…

— Il est temps d'y aller, fit-il brusquement, se relevant avec la rapidité de l'éclair.

Suzy n'y vit que du feu. Une seconde plus tôt, elle était à terre, allongée sur Lucas, prisonnière de son étreinte. A présent, elle était debout à ses côtés.

— D'y aller ? fit-elle avec hésitation. Vous me laissez partir ?

Et elle se demanda s'il était réellement possible qu'un sentiment de déception vienne gâcher son soulagement !

— Je vous jure que je ne dirai rien à personne au sujet de la villa, continua-t-elle.

— Vous jurez ? Nous savons pertinemment, l'un et l'autre, que votre parole ne vaut rien ! Vous l'avez donnée aussi souvent que… que vous-même !

La douleur la transperça, atteignant son corps et son cœur, se répandant en elle tel un poison.

Ah, ma parole ne vaut rien ? songea-t-elle. Et pour lui, elle n'était donc qu'une… une traînée ? Elle aurait voulu pouvoir le blesser à son tour, le faire souffrir, l'atteindre aussi profondément qu'elle venait de l'être. Certaines femmes étaient capables d'essuyer une telle insulte, et même d'en plaisanter. Elle, elle ne le pouvait pas. Elle se sentait comme marquée au fer rouge, au contraire !

Luke sentit qu'il y avait quelque chose de changé. Son instinct lui disait qu'il venait de commettre une erreur, qu'il s'était fourvoyé… mais il n'aurait su dire en quoi. Suzy avait le regard dans le vide et restait comme pétrifiée. Etait-ce son silence qui le mettait en alerte et lui soufflait qu'il avait laissé passer quelque chose d'important ? S'était-il attendu à ce qu'elle s'insurge ? A ce qu'elle tente de lui prouver qu'il se trompait et qu'elle était digne de foi ?

Sombrement, il se détourna — et ne vit donc pas la larme qui roula sur la joue de Suzy.

Elle était plus fortement blessée par son agression verbale que s'il lui eût porté des coups, que s'il l'eût laissée se fracasser en contrebas et mourir là, ensanglantée, contre ces roches aiguës qu'il lui avait pourtant évité de heurter. Mais elle était résolue à se réjouir de ces mots cruels, un jour. Oui, un jour elle regarderait en arrière et saurait qu'il venait de détruire, aussi radicalement que par une attaque nucléaire, tous les sentiments qu'elle aurait pu nourrir pour lui.

Un jour… mais pas maintenant. Aujourd'hui, elle avait seulement envie de ramper à l'abri d'un trou ombreux et de s'y terrer, pour tenter de pactiser avec sa souffrance.

4.

En tremblant, le regard braqué sur le chemin, Suzy s'écarta de Lucas Soames.

S'imaginait-elle qu'il allait la laisser partir ainsi ? pensa Luke, ahuri par son toupet. Il la saisit avant qu'elle eût fait plus de quelques pas et la ramena vers lui d'un mouvement brusque. Elle se retrouva plaquée contre son torse.

— Mettez-vous bien ceci en tête, lui dit-il d'une voix brève. A dater de maintenant, vous ne ferez plus un seul pas sans moi.

— Vous ne pouvez pas m'y forcer ! s'écria-t-elle, terrorisée.

— Si, je le peux. Et je ferai tout ce que je juge bon et nécessaire pour satisfaire mes employeurs. Bon, où êtes-vous descendue ?

Suzy, refusant de répondre, serra les mâchoires et détourna la tête. Du coin de l'œil, elle le vit hausser les épaules.

— Soit, très bien, nous irons directement à la villa. Si vous tenez à passer les semaines qui viennent avec ce que vous avez sur le dos, à votre guise !

Malgré elle, elle se retourna vers lui.

— Les semaines qui viennent ? Mais je ne peux pas ! Je...

— Quel est le nom de votre hôtel ? coupa Luke.

Comme engourdie, elle le lui dit. Il l'observa en silence.

— Bien, nous allons nous y rendre pour prendre vos affaires, dit-il enfin en consultant sa montre. L'heure du dîner ne va pas tarder, et ce sera une parfaite occasion pour vous présenter. A ce propos, vous feriez bien de vous habituer à m'appeler Luke.

— Luke ? Mais je croyais que vous vous appeliez Lucas.

— Officiellement, oui. Mais ma mère m'appelait toujours Luke.

Une ombre fugitive passa sur son visage à l'évocation de sa mère, et Suzy en eut le cœur serré.

— Mes amis aussi m'appellent Luke, continua-t-il. En tant que compagne, vous devez m'appeler comme ça.

— En tant que votre compagne…, redit-elle d'une voix blanche.

Son cœur s'était mis à battre à grands bonds désordonnés, et ce n'était pas à cause de la vitesse à laquelle Luke l'entraînait le long de la pente.

— Compagne de vie. Compagne et amante ! énonça-t-il calmement.

Amante ? C'était impossible ! Elle ne pouvait pas !

— Je… j'aurai ma propre chambre ? balbutia-t-elle.

Luke se figea pour la regarder. Mais quel genre de jeu jouait-elle, à présent ? Son petit numéro d'innocente effarouchée ne le trompait pas, et il était surpris qu'elle s'y essaie.

— Certes, vous l'aurez, dit-il d'une voix mielleuse.

Il ajouta presque aussitôt, étouffant dans sa gorge le soupir de soulagement qu'elle sentait monter à ses lèvres :

— Il se trouve que ce sera aussi la mienne. Je vous avertis dès maintenant que j'ai le sommeil très léger. Je suis entraîné à me réveiller au plus infime bruit. Et s'il est une chose que je déteste, c'est qu'on me dérange dans mon sommeil. Alors, si vous étiez assez téméraire pour tenter de quitter cette chambre pendant la nuit, soyez bien assurée que je ne réagirais ni avec douceur, ni avec bienveillance. Suis-je bien clair ?

Suzy médita deux ou trois répliques cinglantes, puis, à regret, opta pour un silence prudent.

— Puisque nous y sommes, reprit-il, autant vous signaler qu'il y a des gardes à chaque issue de la villa et que mes hommes patrouillent dans la propriété.

— Ça ne va pas paraître bizarre que j'arrive aussi soudainement à la villa ? s'enquit la jeune femme en tâchant de cacher sa peur. Vous êtes là pour raisons professionnelles et vous ne me donnez pas l'impression d'être le genre d'homme qui permettrait à sa compagne de débarquer sans crier gare et de…

Il la considéra avec une insistance qui la mit mal à l'aise.

— Avant mon départ de Londres, nous nous sommes disputés parce que nous sommes trop souvent séparés l'un de l'autre, suggéra-t-il tranquillement. Vous avez réalisé que vous avez réagi stupidement et vous êtes venue vous excuser.

— C'est moi l'idiote, hein ? s'emporta-t-elle. Et bien entendu, je dois m'excuser !

— Comme je suis en vacances avec un vieil ami et ses enfants, continua Luke, ignorant cet éclat, quoi de plus naturel pour vous que de me rejoindre ?

— En vacances ? fit-elle d'un ton de défi. J'ai vu moi-même ces hommes et cette voiture…

— Il se peut que vous les ayez vus, coupa-t-il d'un ton de froide menace, mais je m'assurerai que vous ne pourrez le répéter à personne. Et surtout pas à Roy Jarvis !

— Pourquoi refusez-vous d'admettre que je ne travaille plus pour son magazine ? s'écria-t-elle avec dépit. Quant aux hommes en question… je les ai juste vus, rien de plus.

— Vous les avez photographiés, lui rappela Luke, implacable.

— Parce que je pensais que ça ferait un bon cliché pour mes amis. Ils dirigent une agence de voyages, expliqua-t-elle. Ecoutez, je peux vous donner leur nom et leur numéro de téléphone, si vous voulez, et vous pourrez leur…

— Accordez-moi un brin d'intelligence, la coupa Luke, ironique. Il est évident que Jarvis a mis au point cet alibi pour vous !

— Non. Vous pouvez les appeler tout de suite, tenez, j'ai mon portable avec moi.

Suzy voulut plonger sa main dans sa poche pour en extraire l'objet ; Luke l'en empêcha.

— Je vais le prendre moi-même, fit-il.

En sentant ses mains viriles se faufiler dans sa poche, contre sa hanche, Suzy s'embrasa, puis s'immobilisa, sur ses gardes, tandis qu'il la délestait de l'appareil.

Elle n'éprouva qu'un soulagement de courte durée. Car, dès qu'il eut fait disparaître le téléphone, il la prit par la main, lui causant un nouveau choc.

Ils approchaient de la station balnéaire et elle comprit qu'ainsi, ils auraient l'air d'un couple savourant le soleil italien. Il n'en était rien, bien entendu. A titre de test, elle chercha à retirer sa main et grimaça légèrement en sentant s'accroître la pression des doigts de Luke sur les siens.

— Où est votre hôtel ? lui demanda-t-il.

Si c'était à elle qu'il s'adressait, il n'en scrutait pas moins les environs avec une attention soutenue, balayant du regard les vacanciers nonchalants qui les entouraient.

Bien qu'il portât une tenue estivale décontractée, il conservait, constata-t-elle, cet air d'autorité, cet ascendant naturel qui était sa marque. Plusieurs femmes se retournèrent sur son passage…

44

Oh, s'ils avaient réellement formé un couple ! pensa-t-elle avec une émotion étrange.

Impatienté, Luke répéta :

— Où est votre hôtel ?

— Par ici, lui dit-elle à contrecœur, en désignant l'allée qui menait à l'élégant hôtel où elle séjournait.

— Vous êtes logée là ? s'étonna-t-il.

— Vous croyiez que j'étais descendue où ? lui lança-t-elle sans aménité comme ils franchissaient la grille d'entrée, sous le regard aigu du portier. Dans un lieu tape-à-l'œil ?

— Ce serait plus en accord avec les goûts de votre patron, admit-il.

Ils avaient à présent rejoint l'hôtel, qui était une ancienne villa reconvertie depuis peu. Un vestibule carrelé et frais menait à la réception, et le réceptionniste sourit à Suzy, lui tendant sa clé avant même qu'elle eût indiqué le numéro de sa chambre.

— Je la prends, fit Luke, ignorant le regard hésitant du réceptionniste. Mlle Roberts part tout de suite. Où est votre passeport ? ajouta-t-il en se tournant vers Suzy.

Si le réceptionniste avait d'abord pensé que Luke voulait monter avec elle pour faire l'amour — Suzy aurait juré que c'était le cas —, il avait visiblement révisé son jugement, maintenant, son incertitude cédant la place au respect.

Luke avait décidément quelque chose qui le plaçait à part, songea-t-elle, irritée de le sentir derrière elle alors qu'elle gagnait sa chambre.

La pièce, destinée au départ à Kate et à son mari, était d'une sophistication discrète. Une porte-fenêtre donnait sur un balcon assez vaste pour y réunir des amis.

— Le grand luxe, commenta cyniquement Luke en la suivant à l'intérieur.

Il verrouilla la porte derrière eux et enfouit la clé dans sa poche. S'il y avait eu une once de vérité dans l'affirmation selon laquelle elle n'avait pas de travail, elle n'aurait jamais pu s'offrir de séjourner dans un tel endroit, raisonna-t-il.

— Mais je suis sûr que votre patron se rembourse de ces dépenses par des contreparties en nature…

Suzy, qui venait d'ouvrir son armoire, rougit sous le coup de l'indignation. Il l'accusait de coucher avec un homme qu'elle méprisait ! Incapable de se maîtriser, elle fit volte-face, furieuse, et affronta Luke.

— Je sais très bien ce que vous cherchez à insinuer, mais vous vous trompez du tout au tout. Vous ne savez rien de moi, et pourtant, vous…

— Erreur, coupa-t-il. Je sais un tas de choses à votre sujet. Il y a eu une enquête sur toutes les personnes qui ont assisté à la soirée du prince, vous compris.

Mais, pensa Luke, il ne possédait pas sur elle de rapport détaillé. Bah ! il ne manquerait pas d'en demander un à son équipe londonienne, ne fût-ce que pour la forme.

S'opposer à Luke exigeait trop d'énergie, se dit Suzy, épuisée par l'intensité de ses propres émotions.

— Combien de temps allez-vous me retenir en Italie ? s'enquit-elle en ouvrant sa valise.

Luke nota que celle-ci contenait des T-shirts à col rond, des shorts classiques, et une ou deux robes — des vêtements simples et passe-partout qu'il se serait attendu à voir dans la garde-robe d'une jeune femme plutôt conventionnelle et réservée : ils n'étaient guère en accord avec ce qu'il savait de Suzy Roberts.

Elle avait bien peaufiné son rôle, reconnut-il malgré lui en la regardant replier chaque vêtement avec soin avant de le loger dans la valise.

Sur ses gardes, Suzy jeta un coup d'œil en direction de Luke. Il était toujours adossé à la porte de la chambre, bras croisées, paupières à demi baissées, si bien qu'elle ne pouvait être sûre qu'il l'observait.

Il ne lui restait plus à ranger que ses dessous ; et elle s'avisa, consciente du ridicule de la chose, qu'elle répugnait à le faire devant lui.

— Vous avez fini ?

— Euh… non.

— Je ferais peut-être bien de vous aider, alors.

Il s'avança vers elle et, machinalement, elle recula, plaçant une main sur le tiroir qui contenait ses sous-vêtements.

Luke crut qu'elle cherchait à lui cacher quelque chose.

— Vous avez des affaires dans la salle de bains ? fit-il avec détachement. Un vanity-case ? Du maquillage ?

— Oui…, repartit-elle, tombant dans le panneau.

— Allez les prendre, alors, lui dit-il d'un ton impatienté en lorgnant sa montre. Il vous reste deux minutes. Après ça, tout ce qui ne sera pas rangé dans la valise devra rester ici.

Suzy se rua dans la salle de bains. Dès qu'elle eut disparu, Luke tira le tiroir. Il découvrit des piles nettes de sous-vêtements blancs.

Leur innocence virginale le décontenança. Innocente ? Virginale ? Suzy Roberts ?

Vraiment, elle avait peaufiné les moindres détails de son rôle !

Il tint au creux de sa main le pudique soutien-gorge en dentelle blanche, et se rappela avec quelle indifférence il avait décroché de « l'étendoir » qu'un « bleu » s'était laissé persuader d'improviser pour elle la lingerie volontairement sexy de la journaliste du 20 heures. Comment pouvait-il éprouver maintenant une excitation sexuelle aussi vive ?

Suzy sortit de la salle de bains et se figea à la vue de Luke planté devant sa commode, un de ses soutiens-gorge à la main.

— Mais qu'est-ce que vous faites ? De quel droit touchez-vous à mes... mes vêtements ?

Elle envoya valser son petit vanity-case sur le lit et, telle une bourrasque, vint arracher la pièce de lingerie des mains de Luke. Puis elle s'empressa de vider le tiroir et d'en loger le contenu dans sa valise.

Il l'avait expédiée à la salle de bains pour pouvoir examiner sa lingerie ! « Mais que diable m'arrive-t-il ? » se demanda Luke, effaré, alors que la vue des mouvements coléreux, presque angoissés de Suzy réveillait l'excitation qu'il avait cru dompter, ranimant la tension de la partie la plus virile de son anatomie.

Furieux de sa propre et violente réaction sensuelle, il lui lança avec acidité :

— Cessez votre petit numéro de vierge effarouchée ! Il est inopérant. Surtout de la part d'une femme dans votre genre...

Que ferait-il si elle lui révélait qu'il se trompait du tout au tout ? se dit amèrement Suzy qui, en tremblant, achevait de boucler sa valise. Mais elle connaissait la réponse, hélas ! Il ne la croirait tout simplement pas. Il n'admettrait pas qu'elle n'avait à son « tableau de chasse » qu'une unique et maladroite expérience, datant de l'époque où elle était étudiante, avec un jeune homme aussi novice qu'elle. Cette relation s'était achevée sans regret de part et d'autre quand elle avait quitté l'université pour soigner sa mère...

— Le temps est écoulé, annonça abruptement Luke.

S'il passait une minute de plus dans cette chambre avec son vaste lit, et le parfum de Suzy flottant dans l'air, il n'était pas sûr de pouvoir s'empêcher de la renverser sur le lit et...

Ignorant à toute force la tension de son membre viril, il fouilla méthodiquement la chambre, allant même jusqu'à regarder sous le lit, avant de prendre lui-même la valise de Suzy et de tirer cette dernière vers la sortie.

5.

— Venez. Et n'oubliez pas que j'observerai le moindre de vos mouvements. Un seul faux pas, et je vous flanque dans une prison italienne avant que vous ayez le temps de dire ouf, déclara Luke.

Ils étaient dans la cour de la villa, sous le soleil de fin d'après-midi, la valise de Suzy posée à leurs pieds. Le taxi venait de s'éloigner, réduisant à néant toute possibilité de fuite pour la jeune femme. Furieuse, elle répliqua à Luke :

— Vous ne vous en tirerez pas comme ça. Quelqu'un se doutera forcément...

— Si par « quelqu'un » vous voulez dire Sir Peter Verey, la coupa Luke, je crains que vous n'alliez au-devant d'une déception. Il n'a que trop à faire avec ses enfants.

— Comment ça, trop à faire ? Pourquoi ne s'en occuperait-il pas ? Si sa femme...

— Sa femme est en fait son ex-femme. Elle l'a quitté pour quelqu'un de beaucoup plus riche ! Quant aux enfants... ils sont certainement plus à même de s'occuper de leur père que lui d'eux. Peter est un pur produit de la haute bourgeoisie, totalement incapable d'assumer le rôle de parent.

Ces propos sombres éveillèrent aussitôt la sympathie de Suzy pour les deux petits. N'avait-elle pas eu, elle aussi, une

50

mère qui n'avait pas su lui apporter l'amour et le soutien dont elle avait eu besoin ?

Elle fut soudain perdue dans ses pensées. Sa mère n'avait en réalité jamais surmonté son veuvage ; bien avant que sa santé se mette à décliner, Suzy, alors toute jeune, s'était retrouvée amenée à jouer auprès d'elle le rôle de parent…

— Pourquoi les enfants sont-ils ici, dans ce cas ? Oh, je vois. J'imagine que c'est vous qui avez organisé ça pour quelque raison machiavélique. N'avez-vous donc aucun cœur ? Vous ne voyez donc pas le mal qu'il pourrait en résulter pour eux, étant donné les circonstances ? Est-ce que leur mère…

Luke écouta cette tirade passionnée en silence. Qu'aurait-elle dit s'il lui avait appris qu'il s'était lui-même retrouvé orphelin très jeune ? Aurait-elle pour l'enfant qu'il avait été la même compassion indignée qu'elle manifestait pour les gosses de Peter Verey ?

— Les enfants sont si vulnérables ! poursuivait-elle. Leur mère peut sûrement…

Les enfants sont si vulnérables… Luke détourna les yeux, oubliant momentanément qui était Suzy. Oui, certains enfants — il était bien placé pour le savoir — étaient plus vulnérables que d'autres… Il sentit un goût amer dans sa bouche, et des souvenirs douloureux vinrent obscurcir son regard. Il les refoula. Ils appartenaient au passé, et il devait se concentrer sur le présent.

— Leur mère est trop occupée à marquer des points contre leur père pour se soucier de ce qui n'est pour elle qu'un fardeau. Et son nouveau compagnon n'a aucune intention d'offrir un heureux foyer audit fardeau… D'habitude, les deux petits sont en pension. Apparemment les vacances estivales et le départ de la nounou qu'elle avait engagée pour s'en occuper les ont rendu indésirables chez elle. D'où sa décision de les expédier chez leur père. Elle a fort opportunément choisi, pour lui annoncer cela, le jour où elle partait en vacances prolongées avec son second époux.

En voyant l'expression coléreuse de Luke, Suzy se méprit. Elle crut qu'il considérait lui aussi ces pauvres enfants comme un fardeau. Ils contrecarraient ses plans, voilà tout !

— Vous ne voulez pas plus d'eux que leur père, lui lança-t-elle d'un ton accusateur.

— Je ne veux pas d'eux ici, répondit-il froidement.

Il ne voulait plus jamais voir des enfants dans un lieu où ils couraient un danger, si minime fût-il ! Des images de carnage et de destruction, des images terribles menaçaient de surgir dans son esprit, il le sentait. Des images gravées avec du sang, qu'il ne pourrait jamais oublier.

La situation à la villa était dangereusement explosive. Le président africain avait la manie de voir une menace en tout et de réagir brutalement face à ces menaces. Pour lui et ceux qui le suivaient, la violence était une façon de vivre.

Le service de contre-espionnage anglais, le MI5, appelait cela une « mission ordinaire ». Mais comment aurait-elle pu l'être, alors qu'elle impliquait une femme telle que Suzy Roberts et deux enfants innocents ?

— Venez, ordonna-t-il, en prenant la valise. Et rappelez-vous : au moindre faux pas, je vous boucle en taule.

« Il ne plaisante pas », constata Suzy, envahie par un sentiment d'appréhension. Elle lutta pour faire bonne figure et ne pas lui laisser deviner le pouvoir d'intimidation qu'il avait sur elle.

Franchissant la courte distance qui les séparait, Luke ajouta :

— N'oubliez pas que nous sommes amants.

Ignorant le regard aigu qu'il lui décochait, Suzy prit une profonde inspiration. Amants ! pensa-t-elle, prise de panique en s'avisant que sa réaction instinctive, à ces mots, n'avait rien à voir avec le dégoût et le rejet ! Mais pourquoi, bon sang ? Elle n'était tout de même pas en train de se raccrocher encore à ce fichu fantasme des âmes sœurs ?

Amants ! Le mot éveillait des visions… Dangereuses, hardies, obsédantes… des visions qui enflammaient son corps. Elle sentit les pointes de ses seins se raidir et, le cœur battant la chamade, elle se détourna de Luke pour contempler la villa, du reste magnifique.

— Bâtie par un prince italien pour sa maîtresse favorite et les enfants qu'elle lui avait donnés, lui apprit Lucas. Ils sont représentés sur les fresques qui ornent le vestibule et l'escalier.

Il referma sa main sur la sienne, dans une étreinte qui pouvait sembler tendre mais n'en avait pas moins la force coercitive d'un étau.

— Mes affaires…

— Quelqu'un descendra les chercher.

Le soi-disant majordome qui vint ouvrir échangea avec Luke un regard entendu, et Suzy devina qu'il n'était pas un simple serviteur. Etait-ce un des hommes de Luke ? Sans doute. Elle n'eut cependant pas le temps de formuler son soupçon, car une des portes qui donnaient sur le hall s'ouvrit brusquement et un petit garçon d'environ six ans surgit en courant, bruyamment poursuivi par une fillette, qui criait avec indignation :

— Rends-moi ça, Charlie. C'est à moi !

— Les enfants ! tonna une voix masculine, et un homme apparut à son tour dans le hall. Oh… c'est vous, Luke.

Ce doit être le père, supposa Suzy, se préparant aux présentations avec son hôte involontaire. Il était grand et beau, avec des yeux bleus pétillants, un agréable sourire. Pourtant, on sentait clairement que c'était Luke et non lui qui exerçait l'ascendant, le pouvoir.

— Peter, j'ai le plaisir de vous annoncer que vous avez une invitée supplémentaire, fit Luke. Mon amie, Suzy Roberts. Chérie, je te présente Sir Peter Verey.

— Je te félicite pour ton bon goût, Luke, déclara Sir Peter avec un sourire chaleureux, en rivant un regard admiratif sur Suzy.

Peter Verey avait un charme fou, s'avoua Suzy, tout en cherchant — vainement — à libérer sa main de celle de Luke.

— J'emmène Suzy dans ma chambre. Il est bientôt l'heure de dîner...

Suzy voulut parler ; Luke l'en empêcha en l'embrassant à pleine bouche.

Tel un lapin tétanisé dans le faisceau des phares d'une voiture, elle leva les yeux vers lui et lut un impérieux avertissement dans ses prunelles. Cet ordre muet s'harmonisait toutefois mal avec la pression douce, sensuelle, de ses lèvres sur les siennes, pensa-t-elle, le cœur chaviré. Il l'embrassait comme si...

Elle ferma les yeux, cherchant à refouler une douleur intérieure. Elle sentit alors que Luke détachait ses lèvres des siennes et rouvrit les paupières.

Ils étaient seuls dans le vestibule. Sir Peter s'était discrètement éclipsé.

— Par ici, dit laconiquement Luke.

Il avait relâché son poignet et il ne tenta pas de le reprendre. Tout en le suivant dans l'escalier comme en une sorte d'état second, elle remarqua qu'il semblait maintenir délibérément quelque distance entre elle et lui. Privée de tout contact corporel, elle se sentit terriblement abandonnée, et enregistra cette réaction avec une sensation de panique.

Luke était un monstre. Elle aurait dû le haïr et le mépriser. D'ailleurs, elle le haïssait et le méprisait. C'était uniquement son corps, ses sens, qui se montraient fragiles, trop sensibles à sa présence !

S'interrompant à mi-parcours, elle s'immobilisa dans l'escalier pour se retourner vers lui, qui se tenait plus bas, à deux marches de distance. Ainsi placés au même niveau, leurs regards se rencontrèrent, et elle sentit son cœur faire une embardée.

— Il faut vraiment qu'on partage la même chambre ? dit-elle dans un murmure rauque, empreint d'angoisse.

La douceur de son timbre fit vibrer une corde en Luke, et il se reprocha cette faiblesse. Que lui arrivait-il, bon sang ?

— Oui, répondit-il. Comme ça, je pourrai vous surveiller de près. Et cela crédibilisera la fable que j'ai dû inventer au sujet de notre liaison amoureuse.

Il ajouta avec mépris :

— J'aurais cru que vous l'auriez compris toute seule. Il n'y a aucune autre raison à ça.

Elle le regarda en silence, puis se détourna pour achever de gravir l'escalier.

Pourquoi avait-elle des yeux qui lui donnaient envie de la prendre dans ses bras ? s'interrogea-t-il, furieux de l'effet qu'elle lui faisait.

— Par ici, dit-il en la rejoignant.

Luke s'était arrêté devant une porte dont il déverrouilla la serrure. Puis il poussa le battant. Suzy franchit le seuil d'un pas las, et écarquilla les yeux en découvrant la splendeur des lieux.

Elle ne se trouvait pas dans une simple chambre, mais dans une suite, presque un appartement, nota-t-elle en embrassant du regard les élégantes proportions du vaste salon où elle venait de pénétrer. Au-delà des trois hautes fenêtres, elle pouvait apercevoir les dépendances de la villa. Ce ne fut pourtant pas le spectacle du domaine qui capta son attention.

Ce fut ce qu'elle voyait à travers les double portes ouvertes qui donnaient sur la chambre.

Car cette chambre n'avait qu'un lit. Un très grand lit, soit. Mais un seul.

— Je ne dormirai pas dans ce lit avec vous, martela-t-elle.

Elle semblait choquée, scandalisée, remarqua Luke. Ses joues s'étaient empourprées et une visible émotion faisait flamber son regard. Ses poings serrés, son corps tendu… cela convenait à merveille au rôle qu'elle avait choisi de jouer ! Elle était bonne comédienne, se dit-il avec colère. Sacrément bonne. Mais il n'était pas dupe !

— Oh, vous n'y ferez rien de plus que de dormir ! lui lança-t-il d'un ton appuyé. Si vous caressiez l'idée de me gratifier de votre savoir-faire sensuel, renoncez-y. Je ne suis pas preneur.

Une petite voix raisonnable s'efforça de se faire entendre de Suzy, de lui souffler qu'elle aurait dû être soulagée d'entendre ces mots, promesse pour elle de sécurité. Mais elle fut étouffée par le tumulte de ses émotions, et le rejet de Luke la fit frémir.

— Je ne coucherai pas avec vous !

Avait-il perçu sa peur panique au ton de sa voix ? Elle s'en moquait, de toute façon. L'important, c'était qu'elle évite de partager le lit d'un homme qui n'avait que trop d'ascendant sur ses sens ! D'autant qu'il venait de lui signifier clairement son sentiment à son sujet ! Il n'était pas question qu'elle entre dans le lit de Luke !

Pourquoi ? Avait-elle peur de… Quoi donc ? De chercher à le séduire ? Elle ? Un homme pareil ?

— Je dormirai sur un sofa du salon, reprit-elle d'une voix frémissante.

— Non.

Elle leva sur lui un regard hésitant.

— Vous n'avez donc rien écouté de ce que je vous ai dit ? poursuivit-il. Je ne vous quitterai pas des yeux ! Nuit et jour, où que j'aille, vous me suivrez. D'ailleurs, nous sommes censés être amants. Je ne veux pas que les femmes de chambre bavardent, et aillent raconter que nous ne couchons pas ensemble. Bien entendu, si vous préférez passer les prochaines semaines en prison…

Elle vit à la froideur de son regard qu'il ne blaguait pas. Follement, elle envisagea de lui dire qu'elle préférait bel et bien la prison. C'était sûrement mieux que de partager la couche de cet homme ! Que d'être allongée à côté de Luke, plongée dans la terreur de céder à la tentation, de vouloir le séduire et de subir un rejet.

— La salle de bains est par là, dit Luke, attendant manifestement qu'elle l'y suive.

Dans un sursaut de rébellion, elle demeura où elle était. Luke se retourna pour la regarder.

— Qu'attendez-vous ? Que je vienne vous chercher ?

Ils se dévisagèrent en silence.

Un courant dangereux passa entre eux, zébrant l'air. Il était invisible, bien sûr, mais elle le sentit avec une acuité effrayante. Elle vibrait intérieurement, sur le fil du rasoir de son excitation voluptueuse et de ses émotions.

Si elle ne bougeait pas, que ferait Luke ? La seule pensée de sentir ses mains sur son corps, fût-ce sans intention sensuelle, la fit frémir d'un désir lancinant, violent.

Mâchoires serrées, elle fit un pas vers lui. Il valait encore mieux céder que de se mettre en position de s'humilier en lui laissant voir…

Voir quoi ? se demanda-t-elle avec une dérision coléreuse. Qu'y avait-il à voir ?

Elle connaissait la réponse, bien sûr…

Pourquoi fallait-il qu'elle éprouve de tels désirs, de tels sentiments pour un homme comme lui ? Et pourquoi, sachant ce qu'il pensait d'elle, ne parvenait-elle pas à les annihiler, à les détruire ?

Et, comme si cela n'était pas assez, pourquoi le destin l'avait-il placée en position de côtoyer Luke nuit et jour ?

Luke fronça les sourcils en enregistrant les émotions qui passaient sur le visage de Suzy. L'expression de désespoir qui venait d'obscurcir son regard ne pouvait être qu'un faux-semblant ! Du théâtre !

Comme engourdie, elle le suivit dans la salle de bains. Parvenue à l'intérieur, elle fureta avec effarement autour d'elle.

— Le propriétaire actuel a entièrement rénové les lieux en accordant un soin particulier aux salles de bains, expliqua Luke d'une voix calme.

Suzy n'en croyait pas ses yeux. Cette pièce semblait concrétiser un rêve intime !

La baignoire très vaste, ronde, à demi enterrée dans le sol, était en marbre vert, et l'on y accédait par des marches taillées dans la même pierre. Les robinets dorés étaient en forme de dauphin. Comme si cela ne suffisait pas, cinq colonnes l'environnaient, supportant une sorte de coupole où étaient peintes des scènes… d'un érotisme fort explicite. Et des fresques d'une semblable inspiration ornaient les murs ! Il y avait là des femmes aux formes pulpeuses, toutes dotées d'un Adonis, et ces couples étaient unis dans les positions intimes les plus variées. Ces duos voluptueux se reflétaient aussi sur une des parois, couverte d'immenses miroirs…

— Je…

La voix lui manqua, et elle hocha la tête avec effroi en sentant son regard revenir se river sur les fresques !

Elle se hâta de le reporter sur la baignoire, mais ce fut peine perdue. Comme surgies de nulle part, les visions les plus érotiques qui soient prirent d'assaut son esprit...

Luke, nu, la peau humide et luisante... Luke penché sur elle à l'instar d'un des Adonis de la fresque... Un vertige s'empara d'elle.

De son côté, Luke, qui avait d'abord raillé, puis ignoré le flamboyant décor de la salle de bains, était le jouet d'une vision analogue : Suzy, allongée dans la baignoire rococo, et dont le corps nu luisait d'une transparence nacrée. La toison qui fleurissait entre ses cuisses avait-elle la même rare nuance de blond que ses cheveux ? Et, quand il la soulèverait hors de l'eau pour caresser les pointes de ses seins avant de s'aventurer à des attouchements plus intimes, la chair rose-mauve de...

Furieux contre lui-même, il se détourna pour dissimuler à Suzy l'effet de ses fantasmes. Sa réaction virile, la tension presque douloureuse de sa chair, la rébellion voluptueuse de son corps contre sa raison, c'était un aléa avec lequel il n'avait pas compté ! Auquel il n'avait jamais eu affaire ! En son for intérieur, il maudit le fatal baiser que cette femme lui avait donné lors de leur toute première confrontation.

— La douche est de ce côté, dit-il brièvement.

Un léger coup fut alors frappé à la porte.

— Ce sont sûrement vos affaires qu'on apporte, présuma-t-il.

Soulagée d'échapper à l'érotisme débridé et étouffant de la salle de bains, Suzy se hâta de retourner dans le salon, suivie par Luke. Un jeune Italien se tenait près du seuil, la valise de Suzy posée à terre près de lui. Comme elle le remerciait, il lui adressa un regard aussi intense qu'admiratif.

— Je vais prendre cette valise, dit Luke, s'immisçant entre elle et le jeune homme, qu'il congédia d'un geste.

Il ajouta en refermant la porte et en la verrouillant :

— Vous avez une demi-heure avant le dîner. Je n'ai utilisé qu'une partie du dressing, vous avez donc toute la place qu'il faut pour vos affaires.

Ses affaires ? C'était encore une chance, songea-t-elle, qu'à la perspective de loger dans un hôtel sélect elle eût pris soin d'emporter une ou deux toilettes plus habillées que n'en comportait son habituelle garde-robe de vacancière.

— Vous pouvez vous doucher la première, si vous voulez.

— Merci, c'est ce que je vais faire, repartit-elle d'une voix crispée.

Elle ouvrit sa valise et y prit de la lingerie de rechange. Elle aurait voulu pouvoir être discrète, mais comment l'aurait-elle pu, avec Luke qui surveillait le moindre de ses faits et gestes ?

Ignorant son malaise, il suggéra :

— Si vous avez besoin de faire nettoyer ou repasser un vêtement, c'est le moment de le dire.

— Euh…, quel genre de tenue dois-je mettre ? Je veux dire, il faut que ce soit très habillé ?

Elle aurait juré que Sir Peter Verey n'était pas du genre à se mettre à table simplement vêtu d'un jean et d'un T-shirt ! Tirant un pantalon en lin de sa valise, elle reprit à contrecœur :

— Est-ce que ceci conviendra ?

Demander conseil à Luke, cela lui faisait horreur. Mais elle n'avait guère le choix.

Il acquiesça, et elle s'empressa de suspendre le vêtement puis de gagner la salle de bains en emportant sa trousse de toilette. Il lui sembla que Luke lui criait quelque chose, mais elle préféra n'en rien savoir. Encore une critique contre elle, probablement, pensa-t-elle en claquant la porte derrière elle.

Par chance, la cabine de douche était d'un modernisme simple et épuré, et ne déchaînerait aucun fantasme torride au sujet de son geôlier ! Refoulant des visions troublantes, elle fit couler l'eau un instant pour s'assurer de sa température. Puis, ôtant rapidement ses vêtements, elle se coula sous le jet.

— Aaaaah ! hurla-t-elle comme une giclée d'eau glacée brûlait sa peau.

Glacée, elle tendit la main vers la serviette qu'elle avait suspendue par-dessus la porte de la cabine, la sentit glisser et échapper à ses doigts. Elle s'écarta vivement du jet mais déjà, elle était gelée, tremblante sous l'effet du choc.

— J'ai bien essayé de vous avertir, mais vous n'avez rien voulu entendre, énonça la voix de Luke.

Inondée de la tête aux pieds, tremblante de froid et entièrement nue, elle braqua un regard scandalisé sur Luke qui, ayant entendu son cri et en ayant deviné la cause, se tenait sur le seuil de la salle de bains.

6.

— Là, tenez.

En deux pas, il l'aurait rejointe, brandissant une serviette.

— Non, je… je peux me débrouiller.

Sa protestation mourut sur ses lèvres comme il l'enveloppait dans le tissu-éponge sans plus de façons et se mettait à la sécher vigoureusement. Il avait des gestes brefs, visant à l'efficacité pratique, qui n'évoquaient nullement les tendres attentions que sa mère avait eues avec elle lorsqu'elle était toute petite. Ce fut pourtant à cela qu'elle songea ! Puis elle tourna la tête vers lui car il avait cessé de la sécher, et ce qu'elle lut dans son regard lui chavira le cœur.

A toute force, elle tenta de se rappeler qui il était et ce qu'il lui avait fait. Alors, le fusillant du regard, elle fit un mouvement pour gagner la chambre. Un léger cri lui échappa. Elle venait de glisser sur sa serviette tombée à terre.

L'intervention de Luke fut d'une rapidité foudroyante. Déjà, il l'avait saisie entre ses bras, la soulevant du sol, si bien qu'au lieu de s'affaler sur le carrelage elle était à présent à l'abri entre ses bras, contre son torse.

D'abord, elle lutta pour se libérer. Puis elle eut l'impression que le temps s'arrêtait, et son cœur avec lui.

— Luke…

Elle avait tout juste murmuré ce prénom. Il dut l'entendre, cependant, car son corps se tendit comme s'il avait besoin de convoquer toute la puissance de sa virilité pour repousser cet appel.

Il murmura, comme pour lui-même :

— Je n'ai vraiment pas besoin de ça…

Mais il avait glissé sa main derrière sa nuque, amenant son visage vers lui et prenant sa bouche avec une passion contagieuse. Oubliant toute résistance, ne cherchant pas même à nier le plaisir qui irradiait en elle, elle ne songea qu'à lui rendre son baiser.

Elle éleva les bras pour les nouer autour de son cou et ce fut elle, cette fois, qui, de sa langue, effleura les contours de sa bouche virile. Luke donna alors un autre tour à la caresse, happant sa langue entre ses lèvres pour lui dispenser un baiser profond, affolant, vertigineux.

Tel un serpent se dépouillant d'une peau devenue inutile, elle remua pour se débarrasser du tissu-éponge qui l'enveloppait, dans un acte dicté par l'instinct plutôt que par la volonté. Elle était incapable d'en avoir une ! Elle savait seulement répondre à la pression subtile et cependant exigeante de la main de Luke sur sa nuque, de ses lèvres fermes sur les siennes.

Il parcourut avec ses doigts la chair dénudée de son dos, sa taille fine, la chute de ses reins, et vint épouser ses rondeurs pour la plaquer contre son corps chauffé à blanc. Impuissante à dompter son propre élan, elle se pressa contre lui.

« Je perds la tête », pensa Luke. S'il avait le moindre bon sens, il allait faire machine arrière, et tout de suite !

Il perçut les mouvements sensuels de Suzy contre son corps, les murmures de gorge voluptueux qui lui échappaient, et sa chair refusa de céder à sa raison. Il emprisonna entre ses mains un de ses seins nus, effleurant la pointe dressée.

Tout à coup, Suzy prit conscience de ses actes. Lâchant un gémissement angoissé, elle essaya de repousser Luke.

Aussitôt, il la relâcha. Il avait les traits tendus par la colère, et elle était elle-même crispée, choquée, malheureuse.

D'une main tremblante, elle rajusta la serviette autour d'elle, redoutant ce que Luke allait dire. Avait-il deviné l'effet qu'il avait sur elle ? Deviné le désir qu'il lui inspirait ?

A son grand soulagement, il se dirigea vers la salle de bains sans mot dire, la laissant libre de se rhabiller à son aise.

Dans la salle de bains, Luke batailla pour étouffer ses sentiments. Comment avait-il pu s'autoriser à réagir ainsi, à répondre à cette femme ? Il tenta de repérer le moment où la situation avait dégénéré, et les raisons de ce dérapage, ruminant la scène dans son esprit pour mettre au point une ligne de conduite qui limiterait les dégâts. Mais ce fut pour s'apercevoir, à son grand étonnement, qu'il était de nouveau excité en visualisant Suzy, nue devant lui.

Ouvrant le robinet de la douche, il s'avança sous le jet glacé, se maudissant lui-même et maudissant Suzy. Croyait-elle réellement l'avoir dupé avec sa petite comédie, ou avec l'air de désespoir avec lequel... elle s'était arrachée à ses bras ?

Luke se figea, insensible à la fraîcheur de l'eau. C'était *elle* qui avait mis fin à leur échange intime, pas lui. Et si elle ne l'avait pas fait, elle serait maintenant clouée sous lui...

Se maudissant de nouveau, il chercha à refouler les visions qui se présentaient à son esprit. Il tenait à respecter un certain code moral, dans l'existence. Et cette femme n'avait pas une once de moralité ! Leur duo était un duo impossible. Et il ferait tout pour qu'il le demeure !

*
* *

— Prête ?

Suzy acquiesça, n'osant parler. Elle portait avec son pantalon un débardeur en lin blanc très simple, à fines bretelles. Et Luke, qui l'examinait, admit que cette tenue parvenait remarquablement à la faire paraître fragile et vulnérable.

Comme il lui ouvrait la porte, Suzy, en passant devant lui, lui jeta un bref regard, embrassant sa silhouette vêtue d'un pantalon sombre et d'une chemise blanche. De nouveau, des sensations inopportunes l'assaillirent...

Elle eut une conscience aiguë de sa présence, alors qu'ils descendaient ensemble l'escalier. Quand ils atteignirent le vestibule, il lui toucha légèrement le bras et elle frémit.

— N'oubliez pas, nous formons un couple, lui murmura-t-il d'un ton d'avertissement glacial.

Il s'avança pour pousser un battant et elle capta la senteur fraîche de sa peau virile. Une envie folle la traversa : faire volte-face, s'abattre contre lui, nicher son visage au creux de sa gorge et se griser de son odeur...

— Par ici, dit Luke.

Elle franchit le seuil, Luke sur ses talons. Les deux enfants qu'elle avait entrevus un instant plus tôt étaient assis sur un siège dans le renfoncement de la fenêtre, penchés ensemble sur un jeu informatique. Elle éprouva une émotion inattendue en constatant que, malgré leurs vêtements propres, ils donnaient une poignante sensation d'abandon.

Fût-ce à cause de sa propre enfance qu'elle sentit d'emblée, instinctivement, que ces enfants manquaient de l'amour d'une mère ?

Sir Peter, qui s'apprêtait à avaler la boisson que venait de lui servir un valet en tenue, reposa son verre à leur entrée.

— Ah, vous voilà ! Suzy, ma chère, qu'est-ce que je vous offre ? Luke, allez-vous renoncer à votre sobriété habituelle, ce soir ?

Bien qu'il fût leur hôte, Suzy se rendit très bien compte qu'il était très impressionné par Luke, et elle observa avec curiosité le manège entre les deux hommes.

Luke opta pour un tonic.

— Et pour vous, Suzy, qu'est-ce que ce sera ? s'enquit Sir Peter.

— Un tonic aussi.

Sir Peter continua à son adresse, et d'un ton d'excuse :

— Je crois que nous allons devoir permettre aux enfants de dîner avec nous. C'est vraiment dérangeant qu'ils soient ici, mais je n'ai pas eu la possibilité de dire non.

Sir Peter regarda son fils et sa fille d'un air rembruni, en poussant un lourd soupir, et Suzy sentit s'accroître son élan de sympathie envers les deux délaissés.

— Je peux peut-être aller me présenter, suggéra-t-elle avec douceur.

Laissant Luke avec Sir Peter, elle s'approcha du siège logé dans l'encoignure de la fenêtre. Luke se surprit à la suivre du regard, s'attardant malgré lui sur le balancement de ses hanches et la rondeur de ses courbes.

— Ravissante, commenta Sir Peter. Je vous envie, mon vieux.

Luke s'aperçut qu'il regardait lui aussi les reins de Suzy et, sans savoir pourquoi, s'avança pour lui boucher la vue.

— J'aimerais bien que notre ami se décide enfin à confirmer sa venue…, commença Sir Peter et, aussitôt, Luke lui prêta toute son attention.

Suzy, de son côté, aborda les enfants avec un sourire.

— Bonjour, leur dit-elle. Je m'appelle Suzy.

— Tu es la petite amie de Lucas, hein ? fit le petit garçon. C'est Maria qui nous l'a dit. C'est une des domestiques.

La petite amie de Luke ! Une douloureuse sensation de regret et de deuil transperça la jeune femme.

— Charlie, tu ne dois pas cancaner avec les bonnes, maman n'aimerait pas ça, intervint la petite fille.

Son jeune frère répliqua :

— Je n'ai pas d'ordres à recevoir de toi ! Puisque tu es la petite amie de Luke, Suzy, ça veut dire que tu vas te marier avec lui ?

Mariée ! A Luke ! Suzy vacilla.

— Charlie, c'est très impoli de poser de telles questions, gronda Lucy.

Ignorant son rappel à l'ordre, le petit garçon révéla à Suzy :

— Papa et maman étaient mariés, mais maintenant ils ne le sont plus. Notre maman a épousé un autre monsieur et il ne nous aime pas, n'est-ce pas, Lucy ?

Rouge comme un coquelicot, Lucy souffla :

— Tu ne dois pas dire ces choses, Charlie.

— Pourquoi ? J'ai entendu maman le dire à tata Catherine.

« Pauvres gosses », songea Suzy, attristée. Charlie était trop jeune pour comprendre pleinement la réalité , mais Lucy était déjà assez grande pour être embarrassée par les propos de son cadet. Suzy le voyait bien, aussi fit-elle dévier la conversation en demandant avec douceur :

— J'ai vu que vous jouiez à un jeu, tout à l'heure. Qu'est-ce que c'est ?

Son astuce toute bête ne manqua pas son but et Charlie se mit tout de go à lui parler du jeu avec enthousiasme. Sans en perdre un mot, Suzy se tourna vers Lucy. La petite fille lui adressa un sourire timide. La robe impeccable qu'elle portait était un peu étriquée : sans doute l'avait-elle choisie parce que c'était un de ses vêtements préférés.

Tout en écoutant Peter se plaindre de la façon dont le chef d'Etat invité ne cessait de bouleverser les arrangements pris, Luke s'était tourné vers la fenêtre.

Les enfants étaient maintenant assis de part et d'autre de Lucy, suspendus à ses lèvres, et pratiquement nichés contre elle.

Pour Dieu sait quelle absurde raison, la vue de ce trio éveilla en lui une émotion qu'il n'avait guère envie d'approfondir, et ce fut avec soulagement qu'il entendit retentir le gong du dîner.

— Suzy, ma chère, vous n'avez pas idée du plaisir que j'ai à recevoir une femme aussi séduisante que vous, déclara flatteusement Sir Peter comme ils venaient de s'asseoir autour de la superbe table ancienne. Et je suis sûr que les enfants sont de mon avis. N'est-ce pas, les enfants ?

Dociles, Charlie et Lucy hochèrent la tête.

— Luke, vous êtes un homme heureux. J'espère, Suzy, que nous pourrons vous persuader de passer un peu de temps auprès de nous. Les enfants apprécieraient votre compagnie.

Suzy dissimula un sourire en réalisant le but de Sir Peter. Il cherchait visiblement à mettre sa présence à profit, à la convaincre de l'aider à s'occuper de ses enfants. Et en toute honnêteté, elle ne demandait pas mieux. Cela l'aiderait à passer le temps pendant sa période de « prison » forcée. Aussi sourit-elle complaisamment à son hôte.

Après lui avoir décoché un sourire chaleureux et approbateur, Sir Peter enchaîna :

— Vous devriez montrer les jardins à votre amie, après le dîner, Luke. La propriété est très belle, Suzy. Il y a un lac…

— Et une grotte, continua Charlie avec ardeur. Je veux y aller en exploration.

Son père le gratifia d'un regard sévère.

— Charlie, je t'ai déjà dit que tu ne dois pas t'approcher de la grotte. Cet endroit est dangereux et c'est pour cela qu'on en a barré l'entrée.

Se tournant vers Suzy, Sir Peter ajouta :

— Il y aurait, dit-on, une sorte de tunnel et une chambre souterraine sous la grotte. Elle faisait partie intégrante d'une folie, à l'origine.

Suzy frissonna en l'écoutant. Elle avait toujours eu une peur panique de ce genre d'endroit, et ne partageait certes pas l'enthousiasme de Charlie !

— Mais vous devriez montrer le jardin suspendu à Suzy, Luke. C'est un lieu délicieux, très romantique, reprit Sir Peter. Si Luke n'avait pas été votre ami, j'aurais été ravi de vous le faire visiter moi-même.

Sir Peter flirtait avec elle ! réalisa-t-elle.

Elle avala une gorgée de vin pour se donner une contenance — et faillit s'étrangler tant il était fort.

Les mets étaient délicieux, mais elle avait perdu son appétit coutumier, et n'avala que quelques bouchées. Etait-ce parce que chaque instant écoulé la rapprochait du moment où elle devrait remonter dans la suite avec Luke ?

Dans leur suite. Leur lit.

Tendue, traversée d'un long frisson, elle reprit du vin dans l'espoir d'oublier ce qui la tourmentait.

Les enfants semblaient fatigués, et avaient entamé une dispute. Selon Suzy, l'heure de ce souper était bien trop tardive pour eux, et la nourriture trop riche pour de jeunes estomacs !

— Charlie, ça suffit.

Peter enveloppa son fils d'un regard mécontent mais Suzy voyait bien que l'attitude chahuteuse du petit garçon était surtout due à la fatigue.

— Finis ce qu'il y a dans ton assiette, ordonna Sir Peter.

— Je ne veux pas. Je n'aime pas ça.

— Charles !

— Je crois que les enfants sont épuisés, intervint gentiment Suzy. Il est tard. J'ignore à quelle heure ils se couchent d'habitude…

— Bien sûr, vous avez tout à fait raison, approuva Sir Peter. Je vais faire venir une domestique pour qu'elle monte les mettre au lit, ajouta-t-il, hélant le serveur qui s'attardait à quelque distance, prêt à répondre au moindre signe.

Quelques instants plus tard, une femme d'un certain âge fit son apparition, et les enfants reçurent de Sir Peter l'ordre de la suivre. Suzy se désola de voir que les petits suivaient la domestique sans un baiser de leur père, et sans que ce dernier leur souhaitât bonne nuit.

Une demi-heure après, ayant fini son repas, elle était elle-même plutôt lasse, et regrettait d'avoir bu autant de vin rouge !

Le café devait être servi dans le salon où ils avaient pris l'apéritif. Une fois dans la pièce, Sir Peter s'installa sur un des sofas recouverts de damas.

— Venez donc vous asseoir près de moi, Suzy.

Elle se dirigea vers lui d'une démarche hésitante, pour se retrouver arrêtée dans sa marche par Luke, qui s'était porté en avant.

— Si cela ne vous ennuie pas, Peter, dit-il, j'aimerais l'avoir toute à moi pour un moment.

— Bien sûr, mon vieux, bien sûr. Je comprends ça.

Avant d'avoir pu réagir, Suzy se retrouva entraînée vers le seuil du salon, et elle perçut nettement la colère intérieure de Luke tandis qu'il ouvrait la porte et la propulsait dans le vestibule, l'entraînait dans l'escalier et jusque dans leur suite.

Dès qu'il eut refermé la porte derrière eux, il lui lança avec sauvagerie :

70

— Mais à quoi jouez-vous, bon sang ? C'est encore la même comédie, n'est-ce pas ? Je vous ai avertie…

— Je ne joue à rien du tout ! fit-elle avec véhémence.

— Menteuse ! Vous avez vu que vous ne laissez pas Peter insensible, alors vous faites tout pour l'encourager… vous lui adressez des regards noyés, vous faites semblant de vous soucier de ses enfants…

— Je me fais *vraiment* du souci pour eux ! coupa Suzy. Quant à l'encourager… je n'ai rien fait de tel ! Vous vous comportez comme un amant jaloux ! Vous m'accusez de choses que je n'ai pas faites, et n'ai nulle intention de faire !

Un amant jaloux ! pensa Luke, la dévisageant fixement.

Elle se retrouva attirée entre ses bras, s'efforça de protester, de résister. Mais le vin semblait lui avoir tourné la tête. D'un geste naturel, elle replia ses doigts sur la manche de Luke, et pressa son corps contre le sien. Avidement, elle absorba les sensations que lui procuraient ce contact. Il avait un corps ferme, puissant, terriblement viril… Elle contempla sa bouche. Se perdit dans son regard. Puis revint sur sa bouche.

Il inclinait la tête et elle eut envie d'emprisonner son visage entre ses mains pour le contraindre à prendre ses lèvres…

Sa bouche fondit sur la sienne, et elle répondit avec élan. Depuis combien de temps se languissait-elle d'une telle étreinte ? se demanda-t-elle confusément, s'abandonnant à son désir dans la sensualité de la tiède nuit italienne. Elle était grisée d'être dans ses bras, livrée à ses attouchements…

Dans l'obscurité de leur chambre, elle gémit de volupté. Se pendant à son cou, elle enfouit ses doigts dans sa chevelure brune. Elle aimait le goût de ses lèvres, n'aspirait qu'à s'en rassasier. Les fines bretelles de son T-shirt avaient glissé de ses épaules, et elle aurait voulu le supplier de la délivrer du tissu, de la dénuder… là, tout de suite !

Luke cédait au désir lancinant qu'il avait éprouvé la première fois qu'elle l'avait embrassé. Il avait dénié, refoulé, piétiné ce désir, au départ. Mais il avait survécu, latent, hantant ses rêves... Et maintenant il triomphait. Et c'était cette femme qui avait réalisé cela, qui l'avait entraîné dans son tourbillon, rendu fou. Ce bruit de gorge qu'elle venait d'émettre semblait irradier à travers son propre corps, oblitérant tout. Il écarta les mèches auburn qui balayaient le cou et l'épaule de Suzy, pour ravager sa chair de baisers.

Suzy renversa la tête en arrière pour mieux accueillir les caresses de Luke. Il explora avec la pointe de sa langue l'ourlet délicat de son oreille, et elle fut secouée d'un long frisson...

Dans une sorte d'état second, elle sentit que quelqu'un la dépouillait de son corsage en lin — et s'avisa que c'était elle-même qui se dévêtait, expédiait ses vêtements à terre.

Son regard s'ajustant à la pénombre, Luke distinguait à présent les pâles contours du corps à demi dénudé de Suzy.

Il avait remarqué, ce soir-là, qu'elle ne portait pas de soutien-gorge — et aussi que ce détail n'avait pas échappé à Sir Peter. Mais la vue qui s'offrait à lui dans le clair-obscur de la chambre était bien autrement excitante...

Elle était magnifique, pensa-t-il en élevant une main vers un de ses seins et en le nichant au creux de sa paume. Du bout du pouce, il en effleura la pointe... Le plaisir la fit geindre.

Cette femme sans pudeur, manipulatrice et ensorcelante, n'avait jamais dû avoir une seule émotion sincère de toute sa vie, telle était son opinion ; or son corps, lui, se moquait d'une telle certitude — et il continua d'exciter la pointe du sein de Suzy avant de le happer au creux de sa bouche. Elle geignit de nouveau, augmentant son excitation virile...

Laissant errer sa main encore plus bas, il rencontra sous ses doigts un lien enrubanné et pensa le défaire. Il avait très envie de le dénouer avec ses dents, et puis de « dévorer » cette femme comme on croque un fruit mûr et juteux… son excitation était à son comble et les murmures de gorge de Suzy lui disaient qu'elle était aussi troublée que lui…

Après tout, n'étaient-ils pas partenaires ? Amants ? se dit-il avec un certain sens de l'humour noir. Partenaires… mais de part et d'autre d'une faille béante, pensa-t-il encore, soudain rattrapé par la réalité.

Suzy se raidit comme Luke se reculait. Il s'était produit quelque chose. Et ce quelque chose, qui l'avait poussé à s'écarter d'elle, elle n'en voulait pas ! Elle voulait Luke !

Son expérience sexuelle était plutôt limitée et pourtant, elle ne tarda pas à découvrir que son corps, à son insu, semblait doté d'un savoir bien particulier. Ainsi elle savait que, caressait-elle Luke d'une certaine manière, comme elle le faisait à présent, par exemple, en effleurant du bout des doigts, aussi légère qu'un papillon, le renflement qu'elle sentait à travers le tissu de son pantalon, elle le ramènerait à elle.

Cette provocation porta Luke à ébullition.

Emprisonnant ses mains menues entre les siennes, il les ramena derrière sa nuque et se plaqua contre elle. Suzy, qui s'était accoutumée à l'obscurité, distingua nettement son expression — et comprit qu'il venait de perdre la tête. Et dieu, qu'elle aimait ça !

Il l'élevait lentement au-dessus du sol. Désirait-il la prendre contre la porte ?

— Ecarte tes jambes, lui intima-t-il.

Ce qu'il voulait, c'était un assouvissement torride, immédiat, bestial.

Ce fut en se déshabillant qu'il sut qu'en réalité, son désir allait bien au-delà.

7.

— Que fais-tu ? s'étonna Suzy comme Luke la soulevait dans ses bras.

Ne voulait-il donc plus lui faire l'amour ?

Il l'emporta vers le lit et l'y allongea, lui disant d'une voix rauque :

— Nous allions nous unir à la hâte, et j'ai envie de bien plus que cela !

Il embrassa ses lèvres mi-closes, laissa sa bouche errer vers ses seins aux pointes raidies, puis prit de nouveau ses lèvres avec une ardeur sauvage. Et, tout en se dévêtant avec des gestes emportés, il lui murmura ce qu'il désirait, les caresses qu'il voulait lui donner, celles qu'il voulait recevoir… Lorsqu'il fut enfin nu, elle était au comble de l'excitation. D'un geste impulsif, elle chercha à dénouer l'attache aérienne de son string.

— Non ! souffla Luke, retenant sa main.

Et il l'embrassa encore et encore, promenant sa bouche sur sa peau, s'attardant sur les pointes rosées de ses seins avec une savante avidité jusqu'à ce qu'elle se contorsionne sous lui, pantelante de désir, criant son nom, enfonçant ses doigts dans sa chair.

Ces sensations extraordinaires n'étaient pourtant rien en comparaison de ce qu'elle éprouva quand il laissa errer plus

74

bas ses lèvres, glissant ses mains sous ses reins pour d'autres caresses, plus intimes, plus hardies, plus affolantes…

Elle entendait confusément ses propres gémissements de volupté… Et, s'abandonnant au vertige de ses sens, elle connut le plaisir ultime.

Tremblante encore sous le choc de cette explosion violente, elle le sentit remonter vers elle, depuis le bas du lit, et venir l'envelopper de ses bras.

Pourquoi la réaction de Suzy le bouleversait-il aussi profondément ? se demanda Luke. Etait-ce parce qu'il n'avait pas fait l'amour depuis longtemps ? Avait-il donc oublié l'intense plaisir qu'il avait à faire jouir une femme ? Il était certain, en tout cas, qu'aucune d'elles ne lui avait procuré, auparavant, un tel sentiment…

Ivre de joie, Suzy se cramponna à Luke. Sa peau, sous ses doigts, était à la fois ferme et lisse. Elle déposa au creux de son cou un petit baiser, effleura une aréole à peine renflée, si différente des siennes, puis enfouit son visage contre son torse, savourant son odeur musquée.

— Si tu continues comme ça…, fit Luke en grimaçant.

— Que feras-tu ? s'enquit-elle, délibérément provocante.

— Ça, répondit-il, roulant sur elle pour la clouer sous lui.

Elle écarta naturellement les cuisses, nouant ses jambes autour de ses reins, l'accueillant en elle. Le désir l'inonda telle une coulée de lave ardente. Elle s'éleva vers lui en rythme… et réalisa que ce n'était pas seulement avec son corps qu'elle voulait Luke. C'était aussi avec son cœur, avec son âme ! Et cela signifiait…

Oh, non ! Elle ne voulait pas y songer. Elle ne voulait pas réfléchir du tout, en réalité. Elle voulait simplement ressentir, découvrir. Etre là, avec cet homme, et se pénétrer à jamais de ce qu'ils partageaient.

Une sensation d'urgence, enivrante et exquise, la submergea, la projetant hors du temps et de l'espace. A chaque puissante poussée de son corps viril, elle se sentait plus proche de lui, plus intimement liée à lui, physiquement et affectivement.

Elle perçut soudain son cri, à l'instant même où elle atteignait elle aussi l'acmé du plaisir.

Ames sœurs. Faits l'un pour l'autre… Ces mots, cette certitude brillèrent en elle comme des étoiles dans un ciel pur.

Tandis qu'ils reposaient dans la langueur d'après l'amour, Luke s'émerveilla une fois encore de l'intensité de son propre plaisir. Il avait tout oublié pour se repaître du corps de cette femme — jusqu'aux précautions nécessaires.

Lorsqu'il était adolescent, et accumulait comme tant d'autres garçons les expériences, il avait pris des précautions, essentiellement pour ne pas courir le risque de devenir père sans l'avoir voulu. Au cours des dernières années, à cause de son métier, le sexe quel qu'il fût n'avait guère pu tenir de place dans sa vie. Et voilà qu'il venait de faire l'amour avec Suzy sans faire preuve de la plus élémentaire prudence ! Elle prenait sans doute la pilule, mais il était un peu tard, à présent, pour s'en assurer !

La lune faufila ses rayons à travers la fenêtre, nimbant d'une lueur argentée le corps nu de Luke. Suzy en effleura les contours — et s'immobilisa brusquement : une cicatrice se faisait sentir sous ses doigts. Se redressant, elle la regarda et eut un coup au cœur en constatant qu'elle semblait récente. Submergée par l'émotion, elle inclina la tête pour y déposer tendrement un baiser.

Luke se crispa aussitôt, s'écartant d'elle.

— Qu'est-ce qu'il y a ? s'inquiéta-t-elle. Je t'ai fait mal ?

Comme il hochait la tête, elle demanda avec douceur :

— Comment cela t'est-il arrivé, Luke ?

L'idée qu'il ait pu être en danger, être blessé, lui était intolérable ! Luke répondit avec rudesse :

— Si tu tiens à le savoir, cette blessure a été causée par une femme telle que toi !

Il ignora son expression choquée.

— Elle n'a pas tiré la balle qui l'a faite, ajouta-t-il, mais c'est pourtant elle la responsable.

Une colère effrayante déformait ses traits, annihilant leur intimité. Amer, Luke se reprocha ce moment de folie. N'aurait-il donc pu se contrôler ? Comment avait-elle pu éveiller de tels sentiments chez lui ? Comment avait-elle pu lui insuffler ce désir incoercible alors qu'elle était tout ce qu'il *rejetait* chez une femme ? pensa-t-il, écœuré par sa propre attitude.

— Luke ? hasarda Lucy.

Pourquoi ne disait-il rien ? Pourquoi se détournait-il d'elle au lieu de la serrer contre lui, comme elle en mourait d'envie ?

Il fallait à tout prix persuader Suzy, se dit Luke, que leur échange sensuel n'avait ouvert en lui aucune brèche, ne l'avait en rien rendu vulnérable ou perméable à quelque forme de persuasion que ce fût. Il lui semblait sentir encore l'effleurement tiède de ses lèvres sur sa cicatrice, et la colère gronda en lui. Une blessure par balle n'était rien comparée aux images qui étaient gravées dans son crâne. Il voyait les ruines fumantes de ce qui avait autrefois été une maison, et le corps de la jolie jeune femme qui y avait vécu, gisant sur le sol telle une poupée désarticulée, assassinée parce qu'une maudite journaliste avait dédaigné ses instructions formelles pour obtenir un « papier intéressant sur le plan humain »…

— Si nous avons couché ensemble, ne va pas t'imaginer que ça change quoi que ce soit. Après tout, nous savons aussi bien l'un que l'autre que la baise est ta monnaie d'échange. Eh bien, cette fois-ci, ça n'a pas marché !

Suzy crut être brutalement précipitée dans le dernier cercle de l'enfer.

Luke lui signifiait de façon humiliante qu'il s'était tout simplement servi d'elle pour assouvir sa libido. Comment avait-elle pu avoir la stupidité de croire que… Quoi donc ? Que, l'intimité sensuelle étant pour elle indissociable de l'intimité affective, Luke avait pu ressentir la même chose qu'elle ? Etait-elle donc devenue folle ?

Silencieusement, elle se détourna de lui, livrée à une souffrance aussi aiguë qu'une morsure.

8.

— Je m'ennuie ! s'écria Charlie avec une véhémence tout enfantine, interrompant le cours douloureux des pensées de Suzy, plongée dans un examen introspectif de son expérience nocturne avec Luke.

Elle dînait seule avec les enfants, Lucy l'ayant informée avec un lourd soupir que son père et Luke discutaient en privé et qu'il ne fallait pas les déranger.

Etait-ce à cause de sa mission que Luke avait déserté le lit et la suite ? Bah, elle s'en fichait ! Elle se réjouissait, en fait, de s'être réveillée dans la solitude, et de constater qu'il semblait avoir oublié sa menace : rester avec elle jour et nuit. Elle était follement soulagée de n'avoir pas eu à subir la gêne et la mortification de l'affronter.

En réalité, elle souhaitait passionnément ne plus jamais le revoir ! Comment avait-il pu se servir d'elle avec ce cynisme froid ? Et surtout, comment avait-elle pu le lui permettre ?

— Il fait très beau, dit-elle à Charlie. Si tu allais te baigner ?

Elle avait admiré, du haut de la colline, la piscine de la villa et son environnement luxuriant et paisible.

— On ne peut pas aller nager, lui répondit Charlie.

Elle se rembrunit. Leur père leur avait-il interdit de barboter en dehors de la surveillance d'un adulte ? Mais le petit lui précisa d'un ton boudeur, avant qu'elle ait pu poser la moindre question :

— On peut pas parce que maman a oublié de mettre nos maillots dans la valise.

Oublié ? L'ex-épouse de Sir Peter l'avait probablement fait exprès pour le seul plaisir de compliquer l'existence de leur père !

— Tu pourrais peut-être demander à ton papa d'en acheter ? suggéra Suzy.

Il y avait de nombreuses boutiques, dans la station balnéaire ; si elles étaient chères, Sir Peter Verey ne lui faisait cependant pas l'effet d'un homme qui tire le diable par la queue !

Une servante apparut pour débarrasser la table, et Suzy aperçut par la porte ouverte un homme imposant, posté dans le vestibule.

Un des hommes de Luke ? Bien qu'il n'y eût pas de visible déploiement de surveillance autour de la villa, Suzy était certaine ne de pas pouvoir aller bien loin si jamais elle s'avisait de tenter une sortie.

Quelle était, d'ailleurs, la raison de la présence de Luke ici ? Les militaires qu'elle avait vus partir en Mercedes avaient sûrement quelque chose à y voir. Il devait s'agir d'une réunion politique délicate, mais non dangereuse — sinon, les enfants n'auraient pas été là. Sir Peter n'était pas le plus attentionné des pères, mais il n'aurait, sans doute, certainement pas voulu exposer ses enfants à un danger.

— Ce n'est pas la peine de demander à papa de nous emmener acheter des choses, lui dit Lucy, interrompant le cours de ses pensées. Il est toujours trop occupé pour ça.

Son intonation résignée fit de la peine à Suzy. Elle révélait que l'argument devait être monnaie courante dans la vie des petits Verey.

— Mais Suzy pourrait nous emmener, elle ! Allons vite demander la permission à papa ! s'écria Charlie, excité, en sautant à bas de sa chaise.

— La permission de quoi ?

Suzy fit volte-face, découvrant Sir Peter et Luke, qui venaient d'entrer dans la pièce.

— Papa, maman a oublié de mettre nos maillots de bain et nos shorts dans la valise, commença d'expliquer Lucy, un peu à contrecœur.

Elle considérait sans doute qu'elle était en train de trahir sa mère, devina Suzy.

Charlie continua en prenant un air d'importance :

— Oui, et on veut que Suzy nous accompagne pour en acheter des neufs.

Suzy sentit les regards de Luke et de Sir Peter se braquer sur elle. L'approbation manifeste de Sir Peter n'était certes pas relayée par Luke !

Son cœur se serra. Le désespoir et l'angoisse qu'elle avait tenté de refouler remontaient à la surface, en présence de Luke. De la souffrance et du mépris pour elle-même l'envahissaient tel un poison. Et pourtant, comme elle détournait les yeux du visage de Luke, Suzy sentit que si elle tremblait intérieurement, ce n'était pas sous le coup d'une légitime colère, mais de désir — un désir poignant, dégradant, destructeur !

Elle eut confusément conscience d'entendre Sir Peter s'exclamer :

— Quelle excellente idée ! Ma chère, vous êtes notre providence !

— Peter, je ne pense pas…, dit Luke, menaçant, tandis qu'il décochait à Suzy un regard noir.

Sir Peter le coupa en souriant :

— Je sais que vous voulez la garder pour vous tout seul, Luke, et je ne vous en blâme pas ! Mais nous ne devons pas décevoir les enfants !

Luke avait eu l'intention de consacrer la matinée à rattraper du travail de paperasserie, et à essayer une nouvelle fois de fixer une date précise avec le président Njambla, afin que toute la rencontre se déroule aussi vite que possible. Il aurait dû prévoir que Suzy tenterait de lui jouer un tour de ce genre !

Il avait déjà donné des ordres pour que personne ne puisse sortir de la villa sans sa permission. Et, grâce aux hauts murs qui ceignaient la propriété, il était exclu de la quitter autrement que par une des grilles discrètement gardées.

Le personnel était logé sur place, et ses membres avaient fait l'objet d'une enquête soigneuse. Il n'aurait pas dû y avoir de difficulté à veiller à ce que Suzy n'ait aucun contact avec l'extérieur. Il avait pris possession de son téléphone portable et de son passeport.

Pris possession ! Luke aurait bien aimé que ces deux mots ne lui fussent pas venus à l'esprit. Pendant la nuit écoulée, il avait pris possession de Suzy… mais par la faute d'une regrettable faiblesse, uniquement !

— Non, nous ne devons pas décevoir les enfants, répondit-il à Sir Peter d'un air sombre. Je vais faire préparer une voiture. Suzy, tu es prête ?

— Il faut que je monte chercher mon sac, répondit-elle d'une voix frémissante, en s'efforçant de soutenir le regard qu'il lui lançait.

82

— Je viens avec toi, déclara-t-il, ne lui laissant pas d'autre choix que de gagner le seuil sous son escorte perturbatrice.

A mi-chemin de l'escalier, elle se demanda amèrement pourquoi, après ce qu'il lui avait fait et dit, elle le désirait encore.

Hâtant le pas, elle gagna leur suite. Alors qu'elle allait poser la main sur la poignée, Luke la devança. Elle trembla de sentir l'effleurement fugitif de sa main sur son poignet.

— Remarquable manœuvre, dit-il sur le ton de la conversation comme il refermait sur eux la porte, dans le silence ouaté du salon. J'avais oublié que les journalistes femmes sont moins femmes que journalistes : elles n'ont aucun scrupule lorsque des enfants sont impliqués.

Il y eut dans son regard une expression qui déconcerta Suzy — un mélange de mépris acerbe et de furieuse colère empreint de souffrance, comme si les mots qu'il venait de prononcer avaient pour lui un écho tout particulier.

— Je ne me sers pas des enfants ! protesta-t-elle. Ce sont eux qui ont eu l'idée de demander cela à leur père. D'ailleurs, j'aurais pu difficilement m'arranger pour que leur misérable mère oublie la moitié de leurs vêtements. La robe que Lucy portait hier était si étriquée. Pauvres petits choux. Ils me font pitié, acheva-t-elle avec émotion.

Luke sentit la tension le gagner, en l'écoutant. Pourquoi, sachant qu'elle jouait la comédie, était-il sensible à ses émotions feintes, la laissant transpercer la carapace protectrice de son professionnalisme, et faire vibrer en lui des cordes toutes personnelles — qu'il n'aurait jamais dû lui permettre d'atteindre ?

— Quant à les utiliser ! continua Suzy avec colère. Ah, tu es bien placé pour parler ! Tu me retiens prisonnière ici parce que ce qui se passe pourrait devenir dangereux, et pourtant, les enfants te servent de camouflage !

— Si les enfants sont présents ici, c'est contre ma volonté, lui répondit-il laconiquement.

Elle ne put s'empêcher de répliquer :

— Tiens ! Il existe donc quelqu'un que tu n'as pas le pouvoir de malmener, de menacer et de contraindre à agir selon ta volonté ?

Luke la soumit à un examen aigu qui la pétrifia sur place.

— Si tu cherches à insinuer par là que je t'ai forcée, la nuit dernière... tu ne m'as certes pas donné l'impression que tu ne voulais...

— Je ne veux pas parler de la nuit dernière, le coupa-t-elle. Je ne veux pas !

Etait-ce parce qu'elle redoutait de voir réduit en pièces le peu d'espoir qu'il lui restait ? Mais pourquoi ? A quoi bon vouloir les retenir ? A quoi rimait cette obstination ? Son espoir n'était-il pas sans fondement... sans valeur... tout comme sa nuit avec Luke !

— Réserve le numéro mélodramatique pour Peter, lui dit Luke avec dédain. Il s'est déjà suffisamment épris de toi pour y croire !

Suzy se rembrunit à ces mots. Peter feignait de la courtiser et y prenait un certain plaisir, certes. Mais ce n'était qu'un jeu. Et puisqu'elle était capable de le voir, elle ne comprenait vraiment pas pourquoi, alors qu'il était très certainement entraîné à observer et analyser les réactions des autres, Luke n'y parvenait pas...

— Les enfants attendent, lui rappela-t-elle avec raideur. Je vais prendre mon sac.

Avant qu'elle ait pu esquisser un geste, il dit :

— Ne bouge pas, je vais le chercher.

84

Son geste élégant la surprit, mais pas autant que la question qu'il lui posa ensuite en ouvrant une mallette :

— As-tu assez d'argent ?

— Oui, j'en ai assez, lui dit-elle précipitamment.

Sa sollicitude était comme un baume sur les blessures qu'il venait de lui causer, et elle le regarda en silence alors qu'il refermait la mallette puis traversait la pièce pour prendre son petit sac à main.

— Et n'oublie pas, dit-il en venant le lui remettre, je serai juste à côté de toi. Si tu envisages…

— Tu viens avec nous ?

La main de Luke frôlait son poignet, et elle perdait déjà la tête à ce contact…

— Pourquoi pas ? Après tout, tu es ma maîtresse. Et à en croire Peter, je ne supporte pas d'être séparé de toi, fit-il avec dérision.

Il se tenait si près d'elle que Suzy avait l'impression de ne pas pouvoir respirer ; elle recula. Son corps et son esprit lui envoyaient des messages contradictoires. Elle aurait aimé pouvoir se réfugier dans un coin obscur et retiré. Or elle devait accompagner Luke au village côtier, en plaquant un sourire factice sur son visage…

Impulsivement, elle se tourna vers lui, tentée de chercher passionnément à le convaincre, à reconquérir sa liberté. Mais dès qu'elle vit de quel air il la regardait, les mots moururent sur ses lèvres.

Eh bien, s'il la méprisait, elle lui rendrait un jour ce mépris ! pensa-t-elle farouchement, en se dirigeant vers la porte.

Tout en la suivant du regard, Luke était lui aussi en proie à des sentiments conflictuels. Il était certain que ses soupçons à l'égard de Suzy étaient justifiés. Et qu'il était capital de l'empêcher d'avoir le moindre contact lui permettant de

85

transmettre des informations. En ce sens-là, elle était son ennemi.

Toutefois, la colère et l'amertume qu'elle éveillait en lui n'étaient pas des sentiments objectifs. Ils étaient très personnels, au contraire. Et inacceptables. Ils minaient sa capacité à accomplir correctement sa mission.

Quand un combattant était las de combattre, il devenait inefficace. C'était l'une des raisons qui l'avaient poussé à quitter l'armée : parce qu'il avait eu le sentiment d'avoir participé à trop de guerres, d'avoir vu trop de gens mourir. Etait-il en train de développer un syndrome comparable en ce qui concernait son travail actuel ? Suzy Roberts avait-elle le pouvoir de l'affecter parce qu'il n'était plus opérationnel ? Ou bien avait-il cessé de l'être parce que Suzy Roberts avait un impact sur lui ?

Ah, il n'était pas question que la seconde hypothèse soit la bonne ! Tout perdre pour une femme comme elle ? La vouloir jusqu'à la déraison, au point que son obsédant désir dominerait tous les aspects de sa vie ?

Il ne voulait pas de cela !

La subtile manière dont elle avait manipulé les enfants, ce matin, prouvait qu'il avait raison de se méfier d'elle. Alors, pourquoi, quand elle l'avait regardé tout à l'heure avec une souffrance diffuse dans le regard, avait-il eu envie de la prendre dans ses bras pour...

Pour quoi ? Pour rien du tout ! se dit férocement Luke. Rien de rien !

— Luke, il y a une place pour se garer, lança Suzy en regardant par la vitre du 4x4 que Luke avait choisi pour les emmener à la station balnéaire.

— Je l'ai vue, lui répondit-il froidement, en effectuant le créneau avec aisance.

La jeune femme se détourna pour dissimuler une larme. Elle était furieuse de constater qu'un rejet aussi anodin la mettait dans un tel état, et esquissa un mouvement pour descendre de la Jeep.

— Attends, déclara impérieusement Luke.

Craignait-il de la voir sauter à bas du véhicule et prendre la fuite ? s'interrogea-t-elle avec ironie alors qu'il contournait hâtivement le 4x4 pour venir lui ouvrir la portière, la saisir par la taille et la soulever, la déposant doucement à terre.

Sa gorge se serra, et elle demeura incapable de parler, entre ses bras. Les spectateurs de son geste y auraient vu de la sollicitude amoureuse. Mais Luke ne l'aimait pas ! Il la méprisait !

Elle sentait qu'il la regardait, et refusa pourtant de lever les yeux vers lui. Elle avait tout de même sa fierté, et il n'était pas question qu'il puisse lire sa souffrance sur ses traits.

Elle s'écarta de lui en un rejet silencieux, et se crispa comme il resserrait son étreinte. Cette fois, oui, elle le regarda ! Sans dissimuler son ressentiment !

Quel parfum diabolique portait donc Suzy ? se demanda Luke. Des effluves venaient chatouiller ses narines, faisant surgir les images que ses sens avaient mémorisées : le corps de Suzy, lisse et souple sous ses mains... son feu, sa passion tandis qu'elle se mouvait avec lui, en cadence...

Dehors, il faisait soleil, mais tout le ramenait à la nuit écoulée, à ses ténèbres sensuelles et douces...

Malgré lui, il sentit que son propre regard coulait de ses yeux verts à sa bouche, dont il contempla les belles lignes sensuelles avec avidité. Soudain, il eut envie de savourer encore le goût de ces lèvres, d'en retracer les contours du bout des doigts...

Suzy se sentait au bord du vertige. Luke regardait sa bouche, et ce regard la brûlait, la sommait d'élever son visage vers le sien pour implorer un baiser. Affolée, elle détourna les yeux vers la voiture.

Les enfants ! Elle s'avisa à sa grande honte qu'elle avait oublié leur présence. Son léger geste ramena Luke à la réalité. Relâchant Suzy, il revint vers la voiture.

9.

— Luke a failli t'embrasser, dit naïvement Lucy à Suzy en marchant auprès d'elle, comme son frère se plaçait près de Luke avec des airs de grand garçon.

L'embrasser ? Et pourquoi donc ? Pour la punir ou lui signifier son mépris ? se demanda tristement Suzy tandis qu'ils quittaient le parking pour s'engager dans les ruelles pentues de la petite ville.

— Je crois qu'il y a une boutique pour enfants tout près d'ici, dit-elle quand ils débouchèrent sur une petite place.

Avant leur départ, Sir Peter lui avait remis une coquette liasse d'euros, lui recommandant d'acheter ce qui lui semblait nécessaire aux enfants. Et elle était bien résolue à le faire ! Elle était atterrée que leur mère ait eu l'égoïsme de les envoyer en vacances sans les pourvoir d'habits convenables pour faire enrager son ex-mari, sans se soucier de ce que les petits éprouveraient.

Il y avait, sur l'antique place pavée, plusieurs cafés dont les parasols colorés égayaient les pierres grises d'anciennes demeures. Désignant la petite rue qui leur faisait face, Suzy précisa :

— C'est juste là.

La jeune femme vit s'éclairer les yeux de Lucy lorsqu'ils pénétrèrent dans le magasin. La petite fille se planta devant les portants, contemplant les vêtements en silence — mais d'un regard si parlant !

— Dis-moi ce qui te plairait, Lucy. Et puis nous ferons un essayage.

Elle sentait derrière elle la présence de Luke. En d'autres circonstances, elle lui aurait suggéré d'emmener Charlie dans le rayon garçons pour choisir avec lui des vêtements. Mais elle n'avait pas oublié qu'il entendait ne pas la quitter d'une semelle !

Elle attendit donc avec patience que Lucy ait examiné le rayon, en s'interrompant de temps à autre pour lever vers elle un regard interrogateur.

— Tu as besoin d'un ou deux maillots et de shorts, lui dit-elle gentiment. Des T-shirts. Et peut-être aussi une robe ?

Elle eut un sourire attendri en voyant que la petite indiquait une toilette très mode.

Observant leur manège, Luke se redit avec colère que Suzy était une comédienne de première main.

Une heure après, les enfants étaient parés, et Lucy rayonnait de joie : Suzy lui avait permis de prendre la tenue qui lui plaisait.

— On pourrait prendre une glace, maintenant ? hasarda Charlie dès qu'ils ressortirent sur la place.

— Il est presque l'heure de déjeuner, dit Luke.

Pourtant, à la surprise de Suzy, au lieu d'insister pour retourner à la villa, il proposa qu'ils s'installent à une terrasse de café pour y prendre un repas un peu prématuré.

— Oh, oui ! s'écria Charlie, tout excité.

Quelques instants plus tard, ils étaient tous attablés, menus en main.

— Dis, Suzy, tu crois que je peux mettre mon pantalon neuf, ce soir ? demanda avidement Lucy lorsque le serveur eut pris les commandes.

— Je ne vois pas ce qui t'en empêcherait. A condition que ton père soit d'accord, bien sûr.

Ravie, la petite appuya sa tête contre l'épaule de la jeune femme et caressa affectueusement son bras nu. Cet innocent petit message de confiance remua le cœur de Luke. Comment était-il possible qu'une femme ait une personnalité si ambivalente ? Deux facettes si différentes ?

Comment ça, *différentes* ? Qu'allait-il penser là ? Suzy n'était qu'une seule femme à la fois : manipulatrice, rusée, incapable d'une véritable émotion.

Le serveur apporta leurs plats et Suzy venait juste de s'attaquer au contenu de leur assiette lorsque, regardant de l'autre côté de la place, elle eut un choc. Un homme se tenait à quelques mètres, qu'elle avait tout de suite reconnu : Jerry Needham ! C'était un journaliste de *Confidences sur l'oreiller*, l'un de ceux qui lui avaient rendu la vie infernale.

Que faisait-il ici ? Etait-il en vacances ? Ou bien sa présence avait-elle d'autres motifs, plus inquiétants… comme, par exemple, tenter de savoir ce qui se passait à la villa ? Elle sentit son cœur battre à grands coups précipités. Qu'adviendrait-il s'il venait l'aborder et se présentait ? Luke soupçonnerait aussitôt le pire, évidemment !

Son appétit la déserta d'un coup. Cependant, Jerry s'éloigna, disparaissant parmi la foule. Elle essaya de se détendre, mais une anxiété intérieure la rongeait. Elle n'avait jamais aimé Jerry ; c'était ce qu'on appelle « une grande gueule » ; il était vulgaire et l'avait accablée d'obscénités qui lui avaient soulevé le cœur. Surtout, c'était un journaliste extrêmement malin.

Avec soulagement, elle entendit Luke demander aux enfants :

— Ça y est, vous avez fini ?

Puis il héla le serveur, disant à Suzy :

— Si tu es prête, on y va.

Elle fut debout avant même qu'il eût fini sa phrase. Hélas, ils n'avaient pas fait cinq pas sur la place que Charlie gémit d'une toute petite voix :

— J'ai envie de faire pipi !

D'un seul regard sur le visage crispé et affolé du petit garçon, Suzy comprit qu'il y avait urgence.

— Il y a sûrement des toilettes au café, dit-elle à Luke. Emmenez-le là-bas, j'attendrai ici avec Lucy.

Luke regarda Charlie en jurant *in petto*. Il y avait du monde alentour et Charlie n'était qu'un tout petit garçon : il ne pouvait le livrer à lui-même. Il fallait qu'il l'accompagne au café. Cela signifiait qu'il devrait laisser Suzy sans surveillance.

— Si tu y allais avec Lucy ? fit-il à Charlie, qui le tirait frénétiquement par la main.

— Je ne veux pas y aller, décréta Lucy.

— Nous vous attendrons ici, promit Suzy, scrutant la foule pour s'assurer que Jerry n'était pas dans les parages.

Luke entraîna Charlie à travers la place. Il ne pouvait ni blâmer le petit garçon ni accuser Suzy d'avoir provoqué cette situation.

Combien de temps allaient donc mettre Luke et Charlie à revenir ? se demandait anxieusement Suzy, qui avait hâte de partir.

— Lucy, où vas-tu ? lança-t-elle comme la fillette s'éloignait vers une vitrine.

— Nulle part, je veux juste jeter un coup d'œil.

Suzy se figea alors qu'une trouée se formait dans la foule et qu'elle apercevait, à quelques mètres derrière elle, Jerry... qui la regardait !

Elle fit volte-face, espérant se fondre parmi les vacanciers, mais il fut plus rapide qu'elle et elle se raidit en le sentant poser une main sur son bras.

— Suzy ! Suzy Roberts ! Quelle coïncidence !

Le regard concupiscent qu'il lui lança lui remémora des souvenirs déplaisants, et elle eut la nausée.

— Que fais-tu ici ? s'enquit-il, l'observant toujours avec un intérêt qu'elle jugea de mauvais augure.

— Je... je suis en vacances avec mon ami. Il faut que je me sauve, il doit se demander où je suis passée. Nous avons été séparés par la foule.

Se détournant, elle rejoignit Lucy, qui contemplait une vitrine de bijoux artisanaux.

— Pourquoi n'es-tu pas restée où je t'avais laissée ?

C'était la voix de Luke qui venait de poser cette question, d'un ton réprobateur.

Avait-il aperçu Jerry ? s'interrogea-t-elle en furetant avec anxiété autour d'elle. Mais le reporter n'était nulle part en vue.

— J'avais envie de regarder cette vitrine, repartit-elle avec autant de décontraction qu'elle put. On rentre à la villa ?

— Oui.

Suzy frissonna. S'il l'avait vue avec Jerry, il n'aurait pas manqué d'en faire la remarque, n'est-ce pas ? Il aurait été bien trop heureux de voir confirmés ses soupçons !

Tandis qu'il les entraînait à travers la foule, néanmoins, elle s'aperçut que ce n'était pas tant la possibilité qu'il l'eût vue avec Jerry qui la tracassait. C'était la raison de la présence du journaliste dans la station balnéaire, si près de la villa.

Le patron de *Confidences sur l'oreiller* avait d'excellentes sources d'information sur les questions les plus sensibles, bien qu'elle n'eût jamais su qui étaient précisément ses informateurs. Il n'était pas entièrement impossible que Roy Jarvis eût envoyé Jerry en service commandé !

Si c'était le cas, l'honnêteté n'exigeait-elle pas qu'elle s'ouvre à Luke de ses soupçons ?

De son poste d'observation, à plusieurs mètres de là, Jerry regarda Luke et Suzy se frayer un passage parmi la foule avec les deux enfants.

Il avait reconnu Luke, évidemment. Et, sauf erreur de sa part — mais il se trompait rarement — le garçonnet et la fillette étaient les enfants de Peter Verey, en vacances avec leur père.

Jerry n'était arrivé à la station balnéaire que la veille, pour vérifier un tuyau au sujet de la véritable raison de la présence de Sir Peter en Italie. Il commençait à croire que le sort lui souriait !

Suzy Roberts avec Lucas Soames... Ça, c'était une chance !

10.

— Luke, puis-je vous parler ?

Luke se rembrunit en voyant venir vers lui l'homme qu'il avait chargé de surveiller les abords de la villa.

Il y avait vingt-quatre heures qu'il avait ramené du village Suzy et les enfants. Et il les avait surtout consacrées à lutter contre ses propres émotions plutôt qu'à se concentrer sur sa mission. C'était pourquoi il avait enfin demandé, le matin même, à l'un de ses hommes de Londres, de lui fournir un rapport détaillé sur Suzy. Il était certain que ce rapport conforterait sa méfiance professionnelle instinctive à son égard, et le délivrerait de l'obsession qu'il avait d'elle ! Plus il en saurait sur elle, mieux cela vaudrait.

La veille, après dîner, il l'avait escortée jusqu'à leur suite, puis avait feint de s'immerger dans un travail tandis qu'elle s'apprêtait pour la nuit. Il n'était allé se coucher que la belle une fois endormie et, même ainsi, il avait eu du mal à se détendre.

Dans son sommeil, elle s'était tournée vers lui et il avait voulu... Il aimait mieux ne pas y songer !

Fuyant toute tentation, il avait inconfortablement achevé la nuit dans un fauteuil.

Il s'était levé et préparé avant qu'elle se réveille, résolu à ne pas lui laisser voir le trouble qu'elle lui inspirait. Ah, si les choses avaient été différentes… s'ils avaient pu trouver un moyen de… Quoi donc ? D'oublier ce qu'elle était et ce qu'elle faisait ? Impossible ! Furieux contre lui-même, il aurait voulu ne l'avoir jamais croisée.

Elle prenait à présent le soleil près de la piscine, avec les enfants de Peter. En la voyant en maillot, alors qu'il passait par là tout à l'heure, il s'était remémoré ce qu'il avait ressenti en tenant entre ses bras son corps dénudé…

Oh, bon sang, il avait vraiment hâte que tout ceci soit terminé !

— Oui, Phillips, qu'est-ce qu'il y a ? répondit-il à son équipier.

— Les gardes disent qu'un type a rôdé près des grilles, et posé des questions sur Mlle Roberts.

— Quel type ? fit Luke, fronçant les sourcils.

Hugh Phillips, qui était jeune et plein de zèle, lui dit aussitôt ce qu'il savait :

— Il a prétendu être juste un ami et a refusé de donner son nom. D'après les gardes, il a posé beaucoup trop de questions, et pas que sur Mlle Roberts.

Luke eut un élan de colère… compliqué d'un autre sentiment.

Et pourquoi diable ? Il aurait dû être satisfait de ne pas s'être trompé sur Suzy, or cela le contrariait !

— S'il tient tant que cela à voir Mlle Roberts, peut-être faut-il le lui permettre, Hugh. Dites aux gardes d'accepter de le laisser passer. Mais seulement après avoir résisté, je ne veux pas qu'il ait des soupçons ! Nous devons savoir qui il est et dans quel but il la poursuit. Seulement, maintenez-le à distance de la villa. La propriété est assez grande…

Luke vit que Hugh Phillips tentait de son mieux de rester impassible à la mention de Suzy. Il croyait, comme tout le monde, qu'elle était sa petite amie.

— Vous m'avez bien compris ?

— Oui, dit Hugh, imperturbable.

— Très bien. N'oubliez pas de m'alerter dès que cet homme se représentera !

Une fois que Hugh se fut retiré, Luke alla se poster près de la fenêtre de son bureau.

Il avait reçu le matin même la confirmation, non officielle, que le président africain souscrivait enfin aux dispositions prises ; il ne restait plus qu'à fixer la date de la rencontre.

Ceci étant, et ses soupçons au sujet de Suzy maintenant confirmés, il aurait dû se réjouir. Il se sentait étrangement déçu, au contraire. Suzy s'était sans doute arrangée pour contacter son « ami » quand il avait dû accompagner Charlie aux toilettes du café. C'était une manœuvre prévisible. Alors, pourquoi avait-il l'impression que, d'une certaine façon, elle l'avait trahi ? Que lui arrivait-il donc, nom d'un chien ? Il éprouvait plus les sentiments d'un amant bafoué que ceux d'un homme sans engagement sentimental !

Quant au type qui était venu la demander... Son « ami » ! Luke banda ses muscles, cherchant à dompter le douloureux accès de jalousie qui le secouait. Il s'agissait sûrement de quelqu'un du journal. Pas Roy Jarvis en personne, bien sûr. Un autre journaliste, peut-être ?

Il ne tarderait pas à être fixé ; et de première main, il y veillerait...

Il déverrouilla l'un des tiroirs de son bureau et le fouilla, trouvant vite ce qu'il y cherchait. L'appareil qu'il tenait au creux de sa main était si minuscule qu'on n'aurait jamais pu en deviner les prouesses technologiques. Conçu pour être glissé sous une montre, il pouvait enregistrer et retransmettre des conversations avec une netteté remarquable. Il pouvait également signaler la position du porteur à un mètre près.

L'adaptant sur sa propre montre, Luke verrouilla le tiroir et quitta la pièce.

— Suzy, regarde-moi plonger ! cria Charlie en sautant dans l'eau qui jaillit en gerbe.

— Pff ! C'était pas un vrai plongeon, commenta Lucy. Tu as juste sauté.

— Si, c'était un plongeon ! protesta Charlie.

— Non, c'en était pas un, pas vrai, Suzy ?

Suzy se leva avec effort pour les rejoindre. Elle avait un peu mal à la tête — sans doute à cause de sa mauvaise nuit.

Elle avait été d'abord soulagée de pouvoir se doucher et se coucher en vitesse pendant que Luke était encore dans le salon. Mais elle avait eu beau désirer s'endormir avant qu'il la rejoigne, sa conscience tourmentée l'en avait empêchée.

Elle avait fini par somnoler, cependant, pour se réveiller un peu plus tard, allongée face à Luke, une main tendue vers lui comme si, dans son sommeil, elle cherchait à l'atteindre. Effrayée à l'idée de l'éveiller si elle bougeait, elle était restée immobile, s'inquiétant au sujet de Jerry, et se demandant ce qu'il fabriquait à si peu de distance de la villa.

Elle était encore réveillée quand, soudain, Luke s'était levé pour se rendre, tout nu, dans le salon de la suite.

Elle s'était sentie seule sans lui, dans le grand lit déserté. Et elle s'était surprise à se couler dans la place qu'il avait occupée pour humer son odeur…

Ce matin-là, lorsqu'elle s'était vraiment réveillée, il était déjà levé. Et elle n'avait eu aucune illusion sur ce qui l'avait poussé à attendre dans le salon pendant qu'elle se douchait et s'habillait.

Dans un silence tendu, il l'avait escortée au rez-de-chaussée pour le petit déjeuner, puis jusqu'à la piscine.

Et elle ne lui avait toujours pas parlé de Jerry !

« Parce que je n'en ai pas eu la possibilité », se dit-elle pour se rassurer.

— Luke est là.

Cette joyeuse annonce de Lucy interrompit le cours de ses pensées, et la fit rougir.

Espérant qu'il ne le verrait pas et n'en devinerait pas la cause, elle fit semblant de ne pas avoir entendu Lucy et garda la tête baissée.

Charlie sauta alors dans la piscine, l'éclaboussant d'eau.

— Tu vois bien, ce n'était pas un plongeon ! Il a sauté, déclara Lucy tandis que Suzy essuyait des gouttes sur son visage et se levait.

La fillette continua à l'intention de Luke :

— Dis-lui, Luke, qu'il ne sait pas plonger.

Luke embrassa du regard les abords de la piscine. Suzy avait laissé son drap de bain près du transat et, lorsqu'il tourna la tête pour la regarder, elle eut une réaction physique intense. Elle sentit les pointes de ses seins se raidir contre le tissu souple de son maillot et sut que Luke l'avait remarqué. Prenant une profonde inspiration, elle refoula son envie de replier ses bras devant elle.

Luke s'efforça de détourner son regard du corps de Suzy, en se maudissant lui-même. Déjà, la vision des pointes saillantes de ses seins le troublait infiniment. Il n'avait qu'un pas à faire, et il pourrait faire glisser de ses épaules les bretelles de son maillot pour exposer ses seins lactescents, les livrer aux assauts de ses mains et de ses lèvres...

— Luke... Luke ! Dis-lui que je sais plonger !

La petite voix flûtée de Charlie interrompit sa rêverie et, très vite, il cessa de contempler Suzy. Elle avait posé sa montre sur une petite table, auprès de ses lunettes de soleil et d'une crème de protection solaire. Il s'en rapprocha.

— Regarde un peu ça !

Il y eut un plongeon sonore presque aussitôt suivi d'un cri outré. Suzy fit volte-face : en « plongeant », Charlie avait inondé Lucy. Luke profita de la diversion pour assujettir son mouchard puis rejoignit le petit groupe.

A dater de cet instant, tous les sons émis par Suzy — jusqu'aux battements de son cœur — seraient transmis au récepteur enfermé dans son tiroir. Il entendrait chaque soupir, chaque mot qu'elle aurait en présence de son « ami » !

Tout en séchant Lucy à l'aide d'une serviette, Suzy coula un regard en direction de Luke. Elle pouvait lui parler à présent, pensa-t-elle, harcelée par sa conscience. Elle n'avait que quelques mots à dire…

« Mais, et s'il ne me croit pas ? songea-t-elle encore. S'il pense que je mens, que je suis de mèche avec Jerry ? »

Et alors ? lui rétorqua sévèrement sa conscience. Tes sentiments personnels sont-ils réellement plus importants que des faits potentiellement graves ?

Elle hasarda :

— Luke ?

Et n'alla pas plus loin. Il venait de répondre à un appel passé sur son portable, et s'éloignait déjà.

Eh bien, elle lui parlerait plus tard, se dit-elle en annonçant aux enfants qu'il était temps de rentrer. Peut-être ce soir, quand ils seraient seuls, au moment de se préparer pour le dîner.

— Il est revenu. Il refuse toujours de donner son nom, mais il a mordu à l'appât. Il a proposé une poignée d'euros aux deux gardes ; ils sont en train de marchander âprement avec lui, et je leur ai ordonné de le laisser entrer par la porte latérale du mur d'enceinte, où Mlle Roberts, prévenue par nos soins, le rejoindra.

— Celle qui est la plus proche du lac et de la grotte ? s'enquit vivement Luke.

— Oui, celle-là. Ça ira ?

— Oui, c'est parfait.

Suzy, qui venait de se doucher et de se changer, entendit frapper à la porte de la suite et alla ouvrir. Elle découvrit avec surprise un jeune Italien sur le seuil.

— J'ai un message pour vous, mademoiselle. Un homme, un de vos amis, est là. Il voudrait vous rencontrer près de la grotte.

Suzy le dévisagea, le cœur battant.

— Comment ça, un homme ? Qui est-ce ?

Mais déjà, l'Italien s'était éloigné.

Jerry ! C'était forcément lui. Même si elle ne voyait vraiment pas comment il avait pu prendre en défaut la surveillance de Luke et des gardes !

Elle dévala l'escalier et courut dans le jardin. Le lac et la grotte étaient plutôt éloignés de la villa et, tout en se hâtant dans cette direction, elle ne cessa de fureter autour d'elle avec angoisse.

Elle contourna le lac en longeant l'allée, dépassant la pancarte qui recommandait de ne pas pénétrer dans la grotte parce que les lieux étaient dangereux. Une grille cadenassée en barrait l'entrée et elle se rembrunit en voyant qu'une clé était fichée dans le cadenas. Il faudrait qu'elle signale le fait à la villa, pour le cas où les enfants auraient l'idée de s'aventurer dans les parages !

Une fois qu'elle eut atteint l'autre côté de la grotte, elle s'immobilisa. Et elle se crispa brusquement en voyant surgir Jerry de l'ombre d'un arbre environné de buissons.

— Jerry ! Que fais-tu là ? Comment es-tu entré ?

— Ne t'occupe pas de ça ! Je veux savoir ce qui se trame ici. Allez, lâche le paquet. Une veine que je t'ai trouvée. On a eu des tuyaux comme quoi il se passe un truc important.

— Il ne se passe rien du tout, mentit résolument Suzy.

Les propos de Jerry venaient de confirmer ses pires craintes. Il était hors de question qu'elle lui dise quoi que ce fût ! Mais, si elle découvrait ce que Jerry savait, ce serait peut-être utile à Luke — et lui permettrait éventuellement de prouver sa propre innocence.

— Oh, à d'autres ! s'exclama Jerry. Qu'est-ce que Soames fabriquerait ici, sinon ? Et comment se fait-il que tu sois avec lui ?

— Nous sommes en vacances, c'est tout. Quant à la façon dont Luke et moi nous sommes rencontrés, ça ne te regarde pas, lui dit-elle tranquillement.

Dans son bureau, Luke, qui suivait la conversation, fronça les sourcils. Suzy s'était-elle rendu compte qu'elle était sur écoute ?

— *Luke et moi*, railla Jerry. Typique que tu te mettes avec un mec pareil ! Vous êtes aussi moralisateurs l'un que l'autre ! Tu as déjà rencontré ses mômes ?

Le cœur de Lucy fit un grand bond désordonné. Des enfants ? Luke avait des enfants ? Il y avait donc une femme dans sa vie ? Non, cela n'était pas possible !

— Une chance qu'il soit riche. Il paraît que leurs frais médicaux sont astronomiques. Dire qu'il a risqué sa peau pour sauver des petits réfugiés de rien du tout ! Moi, je les aurais laissés en plan. Il a pris une balle pour le compte, non ?

Des petits réfugiés de rien du tout. Bien que scandalisée par le cynisme de Jerry, Suzy se sentit soulagée. Luke n'avait pas encore aimé une femme au point de lui faire des enfants…

Mais le moment était mal venu pour qu'elle se soucie de ses sentiments !

— Il faut que tu t'en ailles, Jerry, fit-elle d'une voix frémissante. Rien de ce qui se passe ici ne peut t'intéresser ou intéresser le journal.

— Tu mens, lui jeta-t-il à la figure, provoquant chez elle un mouvement de recul. Le patron a eu un tuyau. C'est ça qui m'a amené ici. Quand je t'ai vue avec les enfants de Verey, j'ai su que c'était ma chance.

— Ils sont en vacances avec leur père.

— Eux, peut-être, mais Verey est ici pour des motifs plus importants. Et c'est pour ça que Soames est là aussi. Enfin bon sang, il y a des gardes aux grilles !

— C'est le propriétaire de la villa qui les emploie, improvisa habilement Suzy. Et pour ce qui est de Luke et de moi, nous sommes en vacances, je viens de te le dire. Sir Peter est un ami de Luke, il nous a invités.

— Tu couches avec Soames, c'est ça ?

Luke perçut le petit soupir étranglé de Suzy avant qu'elle réponde fermement :

— Oui, évidemment.

— Eh ben, c'est un sacré revirement ! Mademoiselle la sainte-nitouche au plumard avec Soames ! Le patron n'était pas très content que tu partes comme ça, tu sais. Il avait parié gros qu'il serait le premier à t'apprendre un ou deux trucs sur le plan sexuel, plaisanta vulgairement Jerry.

La jeune femme lutta pour dompter sa colère et son dégoût.

— Alors, il est bon au lit, Soames ? Qu'importe, tu dois une compensation au patron pour l'avoir déçu sur ce point. Allons, Suzy, dis-moi ce qui se passe, en souvenir du bon vieux temps.

Cette fois, c'en était trop !

— Le bon vieux temps ? siffla Suzy avec fureur. Vous avez

103

fait de ma vie un enfer, toi et ces sales types du journal. Tu veux un conseil, Jerry ? Va-t'en d'ici avant que...

— Avant que quoi ? la coupa Jerry, une lueur mauvaise dans l'œil. Que tu ailles chercher ton Musclor ?

Un vent s'était levé, et Suzy frissonna. Mais ce n'était pas seulement de froid, tout à coup. C'était aussi de peur.

— J'ignore ce que tu cherches.

— Tu le sais parfaitement. Je veux savoir ce qui se passe ici, d'une façon ou d'une autre !

Il la saisit par le bras tout en parlant, et considéra la grotte, au-delà d'elle.

— Jerry, qu'est-ce que tu fais ? Lâche-moi ! cria Suzy en se débattant vainement comme il l'entraînait vers la grotte et déverrouillait la grille.

— Voyons voir si tu seras un peu plus bavarde après avoir moisi quelques heures là-dedans, dit-il en la relâchant et en la poussant brutalement.

Suzy perdit l'équilibre et eut un gémissement : elle s'était fait mal en tombant.

— Jerry, c'est dangereux, par ici, dit-elle en tentant de se redresser.

Mais Jerry ne l'écoutait pas. Il l'enferma dans la grotte et s'éloigna en conservant la clé.

Luke jura, se leva d'un bond et ordonna par radio à Hugh Phillips d'appréhender Jerry. Puis il s'élança hors de la villa.

Il s'était trompé sur Suzy ! Fourvoyé du tout au tout ! Et il sentait grandir en lui, en dépit de son inquiétude, une immense joie...

Suzy, quant à elle, s'exhortait à ne pas céder à sa peur. Quelqu'un allait sûrement passer dans les parages et venir à son secours. L'un des jardiniers, par exemple, ou l'un des hommes de Luke...

Soudain, elle entendit un long grondement sourd. Des

pierres et des débris plurent autour d'elle. Prise de panique, elle courut vers le fond de la grotte pour ne pas être atteinte par l'avalanche. Puis elle poussa un cri terrifié : le sol venait de céder sous elle !

Elle prit conscience de dévaler une sorte de tunnel tapissé de brindilles et de terre meuble.

L'atterrissage fut rude, et lui coupa le souffle.

Elle percevait encore au loin la rumeur de l'éboulement…

Comme elle tendait l'oreille, le silence se fit.

Silence et ténèbres, voilà ce qui l'environnait. Elle avait mal, mais sa peur était bien plus grande que sa souffrance physique. Elle était prisonnière en dessous de la grotte, quelque part sous terre. De la poussière flottait autour d'elle, la faisant tousser et obstruant sa respiration. Combien de temps s'écoulerait avant qu'on la retrouve ? Si on la retrouvait jamais !

11.

Alerté par le grondement des éboulis, Luke, qui avait été champion de course de son université, atteignit la grotte à l'instant où elle commençait à s'effondrer sur elle-même. Blanc comme un linge, il regarda l'amas sous lequel Suzy était à présent enfouie.

— Appelez les secours ! cria-t-il à Hugh qui l'avait suivi. Et faites venir nos hommes ici !

Oh, Suzy ! Angoisse, culpabilité, désespoir… il ressentait tout cela en même temps. Pourquoi avait-il tant attendu ? Pourquoi n'était-il pas venu à sa rescousse à l'instant même où il avait compris qu'elle ne lui avait pas menti ? Pourquoi avait-il permis qu'elle soit en danger ?

Suzy, Suzy, Suzy…

Les gardes étaient maintenant parvenus sur place et, rapidement, il leur donna des directives, commençant le premier à déplacer de grosses roches.

Tout en œuvrant, il s'efforça d'oblitérer des visions venues d'un autre lieu, d'un autre temps. Celles d'un amas de décombres dans un nuage de poussière. Il le revoyait sous le soleil, entendait les lamentations des femmes, revivait son amère colère devant la maison détruite, des gens tués sans nécessité. Une jeune femme et ses enfants ensevelis sous les ruines…

— Luke, s'ils sont là-dessous, ils sont morts, lui avait marmonné un de ses compagnons.

Ils avaient d'abord trouvé le bébé, rigide et bleu. Puis l'autre enfant. Luke n'était pas le seul à avoir pleuré.

Le désespoir qui alors avait été le sien n'était toutefois rien comparé à ce qu'il ressentait en cet instant.

Il y avait plus : si Suzy avait *réellement* collaboré avec *Confidences sous l'oreiller*, si elle s'était réellement apprêtée à trahir une ribambelle de secrets d'Etat, cela n'aurait fait aucune différence pour lui, à présent. Il l'aimait, et son amour pour elle était le sentiment le plus violent qu'il eût jamais éprouvé. Il était si puissant, en fait, qu'il en avait eu peur — effrayé d'en admettre le pouvoir, effrayé de se l'avouer à lui-même.

Suzy ! Sans doute l'avait-il aimée à la seconde où il avait senti le doux effleurement de ses lèvres sur les siennes….

Le déblaiement les occupa jusque très tard dans la soirée, à la lumière de projecteurs, avec l'équipe d'experts que Luke avait fait venir.

Plusieurs fois, ses camarades proposèrent à Luke de faire une pause en les laissant continuer leur tâche, à laquelle ils étaient hautement entraînés. Mais il ne voulut pas les écouter. Il jaugeait d'un air sombre la lente progression de leur travail.

Si Suzy mourait, ce serait sa faute. Il aurait tué la femme qu'il aimait, celle qu'il aurait dû chérir et protéger entre toutes, fût-ce au mépris de son devoir. Car ses sentiments pour elle avaient cette force-là, et l'auraient toujours. Depuis qu'il avait admis qu'il l'aimait, son amour semblait l'irradier, le soulevant comme une marée.

Pourquoi avait-il refusé d'écouter son cœur ? Pourquoi s'était-il défié de Suzy et de ses propres sentiments avec autant d'entêtement ?

Il connaissait la réponse, bien sûr : parce que, voici long-temps, il avait décidé de ne jamais se marier. Il avait vu la destruction de trop nombreux mariages, dans l'armée, à cause de la pression que subissaient de tels couples. Et il avait cru qu'il pourrait s'empêcher de tomber amoureux.

Jusqu'au moment où Suzy était entrée dans sa vie.

Entrée dans sa vie ! Pour en sortir ?

Sous la lumière crue des projecteurs, Luke avait un teint blafard. Et ses yeux formaient deux taches noires, pôles de douleur braqués sur le lieu où Suzy était enterrée.

La notion de temps était devenue très floue pour Suzy, emprisonnée dans son réduit souterrain.

Repliée en position fœtale, elle revivait l'époque où elle était petite fille, s'efforçant de rassurer sa mère en pleurs, lui disant que tout irait bien. Seulement, sa mère n'était plus là, et c'était elle-même, aujourd'hui, qui était en larmes.

Des souvenirs, des images la traversaient, dans le va-et-vient de sa semi-conscience. Et elle pensait à Luke : son nom, la saveur de sa peau, flotteraient sûrement sur ses lèvres à l'heure de son dernier soupir…

— Je me fiche de savoir si vos hommes sont entraînés ou non, dit sèchement Luke à l'Italien qui dirigeait les opérations de sauvetage. J'entrerai le premier. Maintenant.

Il était près de minuit, et les sauveteurs avaient réussi à creuser un tunnel jusqu'à Suzy — la montre qu'elle portait leur ayant permis de la localiser avec précision, et appris en outre, grâce à son dispositif d'enregistrement, qu'elle respirait encore.

108

— C'est encore trop risqué ! protesta l'Italien sur un ton qui se voulait péremptoire.

Il n'était pas de taille, confronté à Luke — à sa volonté opiniâtre et à son ascendant naturel sur les hommes. Il s'obstina tout de même :

— Il va falloir plusieurs heures avant de pouvoir envoyer quelqu'un pour ramener la jeune demoiselle.

— J'ai dit que j'y allais maintenant, décréta hardiment Luke.

— Le tunnel n'est pas encore consolidé. Il pourrait s'effondrer et vous enfouir tous les deux.

Luke n'écoutait pas. Il avait déjà réuni tout ce dont il pourrait avoir besoin, équipement médical, nourriture et eau compris.

Certes, le tunnel fraîchement creusé n'était pas sûr ; il aurait fallu en étayer la voûte. Mais Luke l'estimait assez solide pour qu'il s'y aventure, quel que fût le risque encouru. Il n'avait que trop attendu ! Il voulait Suzy dans ses bras !

Avec des mouvements précautionneux, il se glissa lentement dans le tunnel. Il n'avait jamais aimé ça, cela éveillait toujours chez lui une légère claustrophobie, et ne le rendait que trop conscient de sa propre vulnérabilité. Bah ! en cet instant, peu lui importait, pourvu qu'il rejoigne Suzy.

L'épuisement avait finalement fait sombrer Suzy dans le sommeil. La clarté d'une torche la réveilla. Plongée en pleine confusion, toujours en état de choc, elle crut d'abord qu'elle avait des hallucinations en voyant ramper Luke vers elle dans l'espace exigu.

— Luke ! Mais comment ! s'exclama-t-elle en frémissant de tous ses membres. Luke ! Mais qu…

Elle n'acheva pas sa phrase : il venait de la prendre entre ses bras pour la serrer contre lui — la serrer comme s'il ne voulait plus jamais la relâcher, songea-t-elle. Elle émit un curieux bruit de gorge, à mi-chemin entre le rire et le gémissement, tout en se cramponnant à lui.

— Il fait si noir et si froid, là-dedans…

Un spasme nerveux l'interrompit.

— Est-ce qu'on va s'en sortir ? reprit-elle, regardant vers le boyau du tunnel.

— Bientôt, lui dit Luke.

Il inspecta les lieux du regard avant d'éteindre sa torche — pour épargner la pile, mais aussi pour que Suzy ne puisse pas mesurer le caractère périlleux de leur situation.

Son émotion était intense. Il était avec elle ! Tout en la tenant serrée, il éleva une main pour caresser ses cheveux et son visage.

A demi sonnée, Suzy sentit le frôlement des lèvres de Luke sur ses cheveux et crut qu'elle rêvait, s'accordait un plaisir imaginaire. Elle leva tout de même une main maculée de terre pour le toucher. Cette intimité dans les ténèbres mettait à bas les barrières qu'elle avait érigées contre lui afin de se protéger.

— Je suis si contente que tu sois là. J'ai cru que j'allais mourir ici.

Il y eut, dans le silence de Luke, quelque chose qui la fit trembler.

— Nous allons sortir d'ici, n'est-ce pas, Luke ?

Il le fallait, pensa-t-elle. Il ne serait pas venu la rejoindre, sinon, au mépris de sa propre sécurité !

— Oui… nous allons sortir, bien sûr. Mais ce ne sera peut-être pas avant un moment.

— Un moment ? fit-elle, le cœur battant. Mais pourquoi ? Si ce n'est pas sûr, comment…

Elle se tut, la gorge soudain serrée. Du ton le plus léger qu'il put, Luke lui dit :

— Je te dois des excuses. Et puisque je t'ai toute à moi, maintenant, c'est l'occasion où jamais de m'en acquitter.

Elle devina aussitôt qu'il tentait d'alléger l'atmosphère, et une émotion douce-amère l'envahit.

Luke avait tant de choses à lui dire ! Mais il n'oubliait pas que tous les sons qui résonnaient dans le réduit souterrain étaient relayés à l'extérieur par la montre de Suzy. Or il avait envie de murmurer des mots de regret et d'amour, et il préférait le faire sans témoin…

Comme il touchait son poignet, la jeune femme voulut lui demander ce qu'il faisait ; Luke la fit taire d'un doigt posé sur sa bouche tandis qu'il ôtait le petit dispositif et le rendait imperméable aux sons.

— Je viens d'ôter ce qu'on appelle communément un « mouchard », expliqua-t-il, désinvolte.

— Tu as placé sur moi un *micro de surveillance* ?

Luke soupira.

— Je n'avais pas le choix. Pardon, Suzy…

— Tu n'as fait que ton travail.

En l'entendant prendre sa défense, il se demanda comment il avait pu douter d'elle. Son honnêteté était si évidente !

— Combien de temps allons-nous rester ici, Luke ?

— Je n'en sais rien, admit-il avec franchise. J'ai apporté de l'eau, des rations de survie…

Suzy se mit à paniquer.

— Des rations de *survie* ? Oh mon dieu ! Nous allons mourir ici !

— Ne pense pas à ça, lui conseilla fermement Luke.

Ces derniers mots retentirent dans un silence de mort, qui se prolongea.

— Parle-moi, l'implora-t-elle.

— De quoi veux-tu que je te parle ?

— Des enfants que tu as sauvés.

Elle ne parvenait pas encore à croire tout à fait qu'il était bien là avec elle, qu'elle n'était plus seule. Elle avait besoin d'entendre sa voix pour tenir en respect sa propre peur.

— Que veux-tu savoir à leur sujet ?

— Tout. Mais d'abord, dis-moi s'ils vont bien.

— Ils se remettent peu à peu. Avec le temps, et des soins médicaux appropriés, ils pourront peut-être rentrer chez eux et mener une existence à peu près normale. Rashid, le petit garçon, a perdu un bras.

Il la sentit se crisper et s'en voulut d'avoir été trop précis.

— Halek, la petite fille — le bébé — va bien.

— Et leurs parents ? s'enquit timidement Suzy.

— Ils sont morts tous les deux.

— Dis-moi ce qui s'est passé.

Prenant une profonde inspiration, Luke répondit :

— La mère nous faisait parvenir des informations. Son mari avait été tué en tentant de résister aux tyrans qu'ils combattaient ; elle voulait venger sa mort en nous aidant à libérer son peuple. La situation était dangereuse pour elle. Il importait que nous tenions secrète son identité, que personne ne révèle qu'elle collaborait avec nous.

— Mais quelqu'un l'a fait, devina Suzy.

— Oui. Quelqu'un l'a fait.

Elle sentit le cœur de Luke battre à grands coups sourds sous l'effet d'une colère ravivée, et subitement, elle comprit !

— C'était une journaliste, n'est-ce pas ?

Luke, qui percevait son souffle léger sur sa peau, sut qu'elle levait le visage vers lui.

— Oui, c'était une journaliste. Elle avait appris, d'une façon ou d'une autre, que Maram nous renseignait, et y avait vu là matière à un papier « intéressant ». Bien entendu, j'ai cherché à l'en dissuader. Elle n'a rien voulu entendre, et a réussi à séduire un bleu qui a été assez fou pour lui livrer le vrai nom de Maram. Deux jours après qu'elle l'ait révélé, Maram a été assassinée.

— Elle n'avait peut-être pas réalisé l'étendue du danger auquel elle l'exposait, suggéra Suzy d'une voix rauque.

— Oh, si, elle la concevait parfaitement, dit rudement Luke. Je le lui avais spécifié. Mais elle s'en fichait. La seule chose qui comptait pour elle, c'était de faire son papier. Elle a même eu le culot monstrueux de photographier les enfants de Maram lorsqu'on les a extirpés des ruines de leur maison, sous lesquelles leur mère était enterrée !

— Jerry a dit que tu assumais la charge des frais financiers, pour les enfants.

— Ils avaient besoin de soins qu'ils ne pouvaient recevoir dans leur pays, et on ne pouvait les emmener au Royaume-Uni que si quelqu'un acceptait de les parrainer. C'était le moins que je puisse faire, étant donné que j'étais responsable de la mort de leur mère.

— Mais non ! Ce n'était pas ta faute ! protesta Suzy.

— J'étais l'officier de commandement, et je connaissais assez l'acharnement des reporters pour comprendre que cette journaliste-là ne ferait jamais passer la vie d'une femme avant sa carrière.

— C'est pour ça que tu détestes les femmes journalistes ? A cause de ce que celle-là a fait ?

— Disons qu'elle a confirmé mes préjugés, admit Luke. Une femme assassinée, deux enfants presque morts, trois de mes hommes abattus et une blessure par balle pour moi. Il n'y avait pas de quoi me rendre sympathique cette catégorie de femmes !

— Tu as reçu une balle ? s'exclama Suzy. Oh... c'est cette cicatrice, n'est-ce pas ?

— Oui. Heureusement, les petits ont survécu. Dès qu'ils seront en état de le faire, il retourneront vivre chez leur tante, qui les aime comme s'ils étaient ses propres enfants. Mais voyons, pourquoi pleures-tu ?

— Je ne pleure pas, mentit Suzy.

Mais elle versait des larmes de tristesse en songeant aux enfants — auxquelles se mêlaient des larmes de joie… car elle était fière de l'homme qu'elle aimait.

L'homme qu'elle aimait ! Soudain, elle eut envie de dire à Luke ce qu'elle éprouvait, de lui avouer qu'elle avait eu la conviction intime, lors de leur première rencontre, que le destin les avait réunis et qu'il était l'amour de sa vie, son âme sœur. Il lui était égal, à présent, qu'il ne partage pas ce sentiment, que son amour ne fût pas payé de retour. Elle refusait de mourir sans avoir prononcé les mots qui lui gonflaient le cœur.

— Luke, commença-t-elle, si nous ne sortons pas d'ici, je…

Un grondement, au-dessus d'eux, fit alors sursauter la jeune femme.

— Ne t'inquiète pas, affirma Luke. Ça signifie qu'ils se rapprochent et que nous serons bientôt sortis.

Suzy scruta les ténèbres. Elle aurait aimé pouvoir distinguer les traits et le regard de Luke pour y lire le sort qui leur était réservé — pour s'assurer qu'il était sincère et ne cherchait pas à la rassurer à toute force.

— Suzy…, reprit-il avec une intonation rauque et pressante, tout ça est ma faute. Si je ne m'étais pas obstiné à me méfier de toi… Oh, Suzy, je suis navré ! Tellement, tellement navré ! Je donnerais n'importe quoi, je ferais n'importe quoi pour que tu sortes d'ici saine et sauve…

Elle perçut son souffle sur ses lèvres. Il allait l'embrasser. Elle élevait son visage vers lui quand il y eut de nouveaux signes d'activité dans le tunnel.

Une pluie de débris tomba de la voûte au-dessus d'eux et, aussitôt, Luke protégea Suzy de son corps.

— Qu'est-ce qui se passe ? fit-elle, terrorisée.

— Ça va aller. Sois sans crainte.

Au seul son de sa voix, elle se tranquillisa, et elle se lova contre lui, réconfortée par sa tiédeur, sa présence, tandis que, de ses deux mains posées sur sa tête, il la protégeait des cailloux qui fusaient autour d'eux.

Elle était toujours nichée dans ses bras lorsque les sauveteurs les rejoignirent dix minutes plus tard.

— Emmenez-la d'abord, leur ordonna Luke.

Mais elle eut toutes les peines du monde à se séparer de lui !

12.

— Luke !

Dès qu'il entendit ce petit cri angoissé, Luke fut éveillé et debout. Rabattant son duvet pour traverser la suite où il s'était improvisé une couche sur un sofa, il rejoignit Suzy qui gisait, figée de terreur, dans le grand lit.

C'était elle qui avait tenu à ce qu'ils continuent à cacher qu'ils n'étaient pas amants — puisque l'arrivée du président africain était imminente.

— Tu as bien assez de soucis comme ça. Tu n'as pas besoin de devoir expliquer, en plus, qui je suis réellement, lui avait-elle dit.

Il lui avait déclaré, en effet, qu'il préférait qu'elle reste à la villa jusqu'à ce que les entretiens secrets aient pris fin, mais qu'il préciserait à Sir Peter, si elle y tenait, qu'elle n'était pas sa maîtresse et veillerait à ce qu'elle ait sa propre chambre.

Vu les circonstances, il n'était sans doute pas plus mal qu'ils partagent toujours la suite. Chaque nuit, depuis trois jours qu'ils avaient été remontés de la grotte, le même cauchemar réveillait la jeune femme et elle ne parvenait à se rendormir qu'une fois au creux de ses bras rassurants.

— Ça ne va pas tarder à s'arrêter, lui avait-elle dit la veille, en claquant des dents.

Luke n'avait rien répondu. Il possédait, enfermé dans son tiroir, le rapport qu'il avait commandé sur elle. Et les informations qu'il contenait augmentaient son remords et sa honte. Elle était innocente de tout ce dont il l'avait accusée ! Elle lui avait dit la vérité et il avait refusé de la croire. Il ne pourrait jamais se le pardonner ! Quand il avait connu les détails de son enfance auprès de sa mère, il avait eu les larmes aux yeux et avait éprouvé un regain de colère contre lui-même. Son amour, en revanche, n'avait pas changé : il avait été absolu, total, dès l'instant où il l'avait rencontrée !

Son amour... Morose, Luke se rapprocha du lit, se mouvant dans l'obscurité avec la grâce souple et puissante d'un félin. Son amour était un fardeau qu'il ne ferait jamais peser sur les épaules de Suzy. Il savait, d'après le rapport, quel genre de femme elle était : une femme qui donnait la priorité aux autres et non à elle-même, qui avait renoncé à son propre avenir pour veiller sur une mère qui pourtant l'aimait peu, l'aimait mal !

Un jour, Suzy rencontrerait quelqu'un qu'elle aimerait — qu'elle pourrait aimer comme il l'aimait aujourd'hui...

Un accès de souffrance aiguë le traversa, comme il parvenait près du lit. Il s'y assit en se détournant à demi : son boxer dissimulait mal son excitation virile !

— Tout va bien, Suzy, je suis là, lui dit-il avec douceur.

— Luke, je t'en prie ! Prends-moi dans tes bras !

Son cauchemar la terrifiait. Dans ce rêve, elle était seule, prisonnière sous terre. Luke lui parlait, et elle l'entendait, mais il n'était pas avec elle et elle avait peur. Peur de mourir sans le revoir, sans pouvoir le toucher une dernière fois.

Physiquement, elle n'avait pas souffert de son séjour forcé sous terre. Mais émotionnellement, affectivement... S'en remettre était bien plus long qu'elle ne s'y était attendue.

Non sans réticence, Luke la prit entre ses bras, crispé de la sentir se lover contre lui. Il réalisait qu'elle n'était vêtue que d'un slip soyeux.

C'était uniquement dans les bras de Luke qu'elle se sentait à l'abri, pensa Suzy comme son cauchemar s'évanouissait, et que la chaleur de son corps mâle lui apportait le réconfort dont elle avait besoin. Du réconfort… et du désir aussi, s'avoua-t-elle. Un fourmillement sensuel désormais familier l'envahissait…

Impulsivement, elle s'inclina pour effleurer de ses lèvres une épaule de Luke. Du bout de la langue, elle en traça le contour, rejoignant sa gorge, s'attardant sur sa pomme d'Adam…

Luke eut l'impression d'être secoué par un courant électrique. Son slip s'était tendu plus fortement, et il rêva de caresses plus intimes…

— Luke, s'il te plaît, embrasse-moi, murmura-t-elle contre ses lèvres.

— Suzy…

— Je t'en prie, Luke…

— Suzy, il ne faut…

— Je t'aime, Luke, explosa-t-elle, incapable de dissimuler plus longtemps ses sentiments. Je t'aime et je te désire. Tu m'as sauvé la vie, et dans certaines cultures anciennes, on appartient à jamais à la personne qui vous sauve la vie. Je veux t'appartenir, Luke… même si c'est seulement pour une nuit.

Elle parlait vite, très vite, les mots se bousculaient. Parvenue à la moitié de sa petite tirade, elle commença à perdre courage.

— Tu es mon âme sœur, Luke, murmura-t-elle.

Autrefois, elle n'aurait jamais osé prononcer ces paroles, sa fierté le lui aurait interdit ! Sa confrontation avec la mort avait changé tout cela, constata-t-elle. Elle n'avait plus peur d'être rejetée ou raillée.

Luke s'efforça de dominer ses sentiments. Suzy ne parlait pas sérieusement ! Elle croyait sans doute éprouver ces choses, mais ce n'était pas vrai. Elle se croyait éprise de lui à cause du traumatisme qu'elle avait subi ; et parce qu'elle était convaincue qu'il lui avait sauvé la vie. Après tout, avant de subir ce choc, elle n'avait pas eu d'amour pour lui, n'est-ce pas ? Une fois qu'elle se serait remise, elle comprendrait qu'elle ne ressentait rien de spécial pour lui.

Ce n'était pas parce qu'il était amoureux d'elle qu'il devait s'autoriser à prendre ce qu'elle lui offrait.

— Luke...

Son murmure implorant le mit au supplice. Elle caressait la chair de son bas-ventre, chatouillant sa cicatrice, et il avait l'impression qu'il allait se désintégrer sous l'effet de son désir dévorant.

En sentant ses lèvres si douces frôler les siennes, il céda, prenant sa bouche avec fièvre, lui donnant un baiser profond, insatiable...

Comme dans un état second, il sentit un de ses seins au creux de sa paume et en titilla voluptueusement la pointe déjà raidie.

Il la désirait. Il l'aimait !

Brutalement, il mit un frein à ses pulsions. Il aimait Suzy, il se devait donc de la protéger contre sa croyance trompeuse en son amour pour lui.

Le léger gémissement de désespoir qu'elle laissa échapper lorsqu'il la repoussa lui déchira le cœur.

— Luke..., fit-elle douloureusement. Je t'en conjure, reste...

Mais il était déjà parti, refermant résolument la porte qui séparait la chambre du salon.

*
* *

Suzy tressaillit. Comment avait-elle pu dormir si long-temps ?

Elle s'était réfugiée dans la chambre au milieu de l'après-midi, dans l'intention de rattraper le sommeil perdu dans la nuit, et avait reposé un long moment sans dormir, songeant à Luke.

Luke ! Elle ne regrettait pas de lui avoir confié son amour, elle en était heureuse, au contraire ! Elle était fière de ses senti-ments, fière de l'aimer. Son « accointance » avec la mort avait énormément changé sa propre attitude, elle en était consciente. Cela n'avait guère changé celle de Luke, en revanche.

Cependant, s'il n'avait pas d'amour pour elle, il la désirait. Cette nuit, il avait eu envie d'elle…

Elle déserta le lit pour se rendre à la salle de bains. Elle ne s'était toujours pas habituée à l'érotisme cru de son décor. Et elle n'avait pas encore utilisé la baignoire circulaire, qui s'apparentait d'ailleurs plutôt à une petite piscine !

Elle fut tout à coup tentée de l'étrenner.

Retournant dans la chambre, elle prit, sur le ravissant secré-taire, une pochette d'allumettes. Puis, de retour dans la salle de bains, elle fit jaillir l'eau des robinets en forme de dauphin et alluma une à une les bougies qui ceignaient la baignoire.

Celle-ci était si vaste qu'elle dut marcher à l'intérieur pour s'y installer. Elle possédait un rebord pour s'asseoir, comme un Jacuzzi, et elle aurait pu aisément accueillir deux personnes. Deux ? Elle… et Luke ? Suzy aperçut un flacon de cristaux de bain bleutés et les répandit dans l'eau. Une nuée outremer s'y forma, teintant peu à peu le bain d'un délicat bleu lagon. Elle s'y allongea, se laissant flotter, savourant son plaisir.

Inquiet, Luke poussa la porte de la chambre. Lucy l'avait informé que Suzy, fatiguée, était montée se reposer après le repas. Un médecin l'avait examinée après l'épreuve qu'elle avait subie — et il avait assuré qu'elle se portait bien. Peut-être s'était-il trompé ?

Où était donc Suzy, au demeurant ? Ni dans le salon de la suite, ni au lit. Avait-elle rejoint les enfants au bord de la piscine ?

La journée avait été longue pour Luke : il avait passé sa matinée dans son bureau, modifiant les dispositions de sécurité prises pour la venue du président Njamba — il n'en était pas entièrement satisfait. A présent, il avait chaud, il était las, et il aurait bien aimé prendre une douche.

Il dégrafa sa chemise et l'enleva, apercevant, dans le miroir, la cicatrice fine qui disparaissait sous la ceinture de son pantalon. La cicatrice que Suzy avait embrassée…

Il laissa tomber à terre sa chemise, s'essuya le front, plissa les yeux. C'était Suzy qu'il devait faire passer avant tout, et non lui-même ! Mais il n'arrêtait pas de repenser à la manière dont elle l'avait caressé la veille, et lui avait dit qu'elle l'aimait ! Irrité contre lui-même, il acheva de se déshabiller avec des gestes brusques. Il avait cette femme dans la peau ! Dans le cœur. Rien qu'en songeant à elle, il sentait un élan de désir douloureux le traverser ! Un désir primitif, violent, insensé !

Il poussa la porte de la salle de bains et y entra. Le spectacle qui s'offrit alors à lui le subjugua. Il lâcha un juron étouffé car, déjà, son corps avait réagi, et il n'eut pas d'autre ressource que de ceindre hâtivement ses reins nus d'une serviette.

De là où il se trouvait, il pouvait contempler tout à loisir chaque pouce de son voluptueux corps. Elle ne l'avait pas encore aperçu, car elle n'avait pas le visage tourné dans sa direction…

Le parfum des bougies qu'elle avait allumées monta à ses narines. Frémissant de tous ses sens exacerbés et comme pris de fièvre il fit glisser la serviette et avança vers la baignoire.

La lumière dansante des bougies exaltait l'érotisme des fresques. Suzy les contemplait, perdue dans une fantaisie intime où Luke jouait le premier rôle. S'il avait été ici avec elle, en ce moment… Un désir aigu la vrilla. Et voilà que soudain, elle le vit devant elle !

Elle lui adressa un sourire noyé, éperdu, en murmurant son nom avec délices. Puis elle s'enquit avec une curiosité mutine :

— Physiquement, c'est vraiment possible ?

Quand Luke leva la tête et vit la représentation qu'elle étudiait, une rougeur diffuse empourpra ses pommettes, sous son hâle. Quant au regard faussement naïf que Suzy lui décochait, cela le rendait fou ! Il promena tour à tour ses yeux sur la frise, puis sur elle qui reposait dans le bain, environnée de bougies. Les pointes de ses seins affleuraient au-dessus de l'eau, et il distinguait le triangle sombre qui semblait palpiter au creux de ses cuisses…

Résolument, il se détourna, gagnant la douche. En entendant fuser l'eau du jet, Suzy rougit. Qu'est-ce qui avait bien pu la pousser à poser une question aussi sotte ?

Mais Luke, déjà, fermait le robinet et sortait de la douche, laquelle n'avait en rien apaisé ses sens torturés par le désir. Revenant, nu, vers le bord de la baignoire, il déclara d'un air presque sombre :

— Tu veux que je te dise si c'est possible, ou que je te le prouve ?

Et il pénétra dans le bain pour la rejoindre tandis qu'elle lançait une exclamation étouffée.

Luke était conscient de commettre une folie. Et d'être encore plus fou que cela de cette femme qui le contemplait, les pupilles dilatées par le désir.

— Laquelle veux-tu essayer d'abord ? murmura-t-il à son oreille, et Suzy sentit qu'il en mordillait délicieusement le lobe, tout en effleurant d'une main tentatrice les courbes de son épaule, de ses seins… s'immobilisant en route pour en exciter savamment les pointes.

— Mmm… eh bien ? chuchota-t-il encore.

Elle eut un soupir étranglé comme Luke s'enfonçait dans l'eau, happant la pointe entre sa bouche. Sa main s'aventura plus bas, vers le cœur de sa féminité… En dépit de la tiédeur rafraîchissante de l'eau, Suzy sentait un feu voluptueux se répandre sur sa peau, partout où Luke la touchait, la caressait, explorant les replis soyeux de sa chair…

Le plaisir la soulevait tel un tsunami, et, comme s'il avait lui aussi senti qu'elle était au bord des sensations extrêmes, Luke la prit entre ses bras, l'emportant vers les marches.

Son excitation virile amenait plus violemment son sang dans ses veines, dans un crescendo de battements sourds. Il était au-delà du désir, très loin — dans un monde où il pénétrait en humble étranger, prêt à découvrir le sens profond de sa quête…

Pendant qu'il la portait au sommet des marches, vers le sol de la salle de bains, Suzy voyait leurs reflets dans les miroirs. Leurs corps dégoulinaient d'eau, les aréoles et les pointes rose-mauve de ses seins, gonflées par la volupté, pointaient de façon particulièrement visible, à la lumière diffuse des bougies.

— Alors, cette position ? reprit Luke.

Il venait de la coucher à même le sol, sur un déploiement de serviettes moelleuses, et il s'allongea sur elle. Secouée par la violence de son désir, elle n'aspirait qu'à le sentir en elle — et peu importait de quelle façon…

— Celle-ci ? suggéra Luke.

Et il lui fit prendre la pose, caressant son dos cambré et faisant naître de petits frémissements sur son corps.

— Ou celle-là ?

Elle renversa la tête pour voir dans le miroir. La vision de sa virilité triomphante la troubla infiniment. Il la mettait délicieusement à la torture, en retardant ainsi l'instant de la possession…

Docile entre ses mains, elle céda à l'emballement sensuel qu'il avait fait naître, tendit une main pour le toucher à son tour, repliant autour de lui ses doigts pour révéler, sous l'ourlet sombre, le bout rosé…

Dans un long frisson, Luke sentit le contrôle de ses sens lui échapper. La caresse de Suzy abattait ses derniers scrupules. Il n'était plus qu'un instrument, dont les cordes ne vibreraient que dans un échange en duo.

Et leur sonate passionnée connut, au terme d'un presto endiablé, l'accord parfait.

Ils descendirent juste à temps pour le dîner. Suzy était pâle, et absorbée par son bonheur. Il y avait en elle quelque chose de langoureux et de comblé. Comme ils atteignaient le salon, elle s'écarta d'un mouvement presque timide pour poser sur Luke un regard si ému qu'il en eut presque mal.

« Ce n'est qu'une illusion », se dit-il tristement. Elle avait seulement *l'impression* de l'aimer. Il n'avait pas le droit de se comporter comme il venait de le faire, et un jour viendrait où elle le haïrait pour cela !

Tout comme il se détestait lui-même !

Il considéra ses lèvres gonflées, son regard noyé, et réagit aussitôt au message qu'ils lui envoyaient. Il était de nouveau excité…

— Vas-y, j'ai quelque chose à faire, dit-il brusquement à Suzy.

Elle s'efforça de recouvrer son empire sur elle-même tandis qu'il s'éloignait, la laissant entrer seule dans le salon.

Charlie et Lucy accoururent tout de go à sa rencontre. C'étaient vraiment des enfants adorables, pensa-t-elle. Ils méritaient tant l'amour d'une vraie maman…

Tout en vouant aux gémonies la trahison de ses sens, Luke faisait les cent pas dans son bureau. Il devait mettre fin à cette situation pour sauvegarder Suzy. En ce moment, elle croyait l'aimer ; mais il savait qu'il n'en était rien. Il fallait qu'il la chasse d'ici !

13.

Suzy avait le regard perdu dans le vague, au-delà de la
fenêtre du salon. Une deuxième nuit à s'interroger en vain
l'avait épuisée. Et elle ne savait vraiment pas où Luke avait
pu passer la nuit. Pas avec elle, en tout cas !

Derrière elle, la porte s'ouvrit, et elle fit aussitôt volte-face.
Mais ce n'était pas Luke qui venait d'entrer, c'était Lucy.

— Tu attends Luke ? s'enquit la fillette. Il est avec papa.

Elle ajouta impulsivement :

— J'aimerais que tu restes tout le temps avec nous, Suzy. A
la pension, il y a des filles qui ont des belles-mères et qui ne
les aiment pas. Mais moi, je pense que ce serait génial qu'on
en ait une, surtout si elle était comme toi.

Suzy ne put s'empêcher de serrer la petite fille contre elle.
Elle la tenait encore serrée lorsque Luke entra. Il avait fui sa
présence depuis qu'ils avaient fait l'amour dans la salle de
bains, et si Lucy n'avait pas été là, elle l'aurait imploré de lui
expliquer pourquoi.

— Je voudrais que tu sois ma belle-maman, Suzy, dit
passionnément Lucy.

Luke se rembrunit en entendant la naïve et véhémente
« profession de foi » de la petite. Il avait très bien remarqué
que Peter Verey était attiré par Suzy — quel homme ne
l'aurait pas été ? Il avait lutté pied à pied contre sa jalousie,

en assistant au flirt quotidien de Sir Peter avec elle. Et voilà que ce sentiment resurgissait avec force, le contraignant à tourner les talons pour quitter la pièce. Suzy le regarda partir, plongée en pleine confusion. Pourquoi s'en était-il allé aussi brusquement ?

— Si je comprends bien, le président ne viendra pas ? demanda Sir Peter.

— On le dirait, soupira Luke. Nous avons parlé à son équipe, et souligné une fois de plus l'importance de ces entretiens. Mais il a l'air de penser qu'il se mettrait un peu trop en danger en venant en Europe. Il joue avec nous, nous le savons pertinemment. Mais nous sommes bien obligés de patienter. Il paraît qu'il doit rester là-bas pour régler des dissensions internes. Si c'est vrai, il pourrait s'écouler plusieurs mois avant qu'il soit prêt à entamer des discussions.

— Apparemment, nous vous avons entraîné pour rien dans cette affaire, Luke, dit Sir Peter d'un ton d'excuse.

Luke garda le silence. Après le départ de Sir Peter — l'entrevue avait eu lieu dans son bureau —, il dactylographia un rapport et passa un certain nombre de coups de fil. Puis il répondit à ses e-mails...

Il était tard dans l'après-midi lorsqu'il revit Suzy. Elle jouait avec les enfants, sans s'aviser qu'il l'observait à son insu, avec la passion d'un amant. Il n'avait qu'une envie, en cet instant : la prendre dans ses bras, l'emporter au lit et l'amener à lui crier son amour pour lui...

Or il n'en ferait rien. Il allait, au contraire, l'envoyer loin d'ici.

Suzy leva les yeux en voyant approcher Luke. Elle était rose d'animation, ravie de s'être amusée avec les enfants. Pas une seconde, néanmoins, elle n'avait oublié Luke. Elle alla à sa rencontre. Puis elle s'immobilisa en voyant son mouvement de recul.

— Tu ne devrais pas te surmener, lui dit-il d'une voix âpre.

Elle crut qu'il lui parlait sur ce ton parce qu'il s'inquiétait, et s'en voulut de caresser une pareille illusion.

— Je suis tout à fait remise, soutint-elle.

— Tant mieux, je suis heureux de l'entendre.

Il marqua un temps d'arrêt. Le cœur de la jeune femme se serra d'instinct.

— Les entretiens de Peter avec le président Njambla ont été annulés. Je t'ai réservé une place sur le vol pour Londres demain en milieu de matinée.

— Comment ? Non, Luke..., commença-t-elle à protester.

Mais il s'éloignait déjà, la laissant là, blême et navrée...

Elle n'avait pas cessé de souffrir, deux heures plus tard, quand elle monta dans la suite pour préparer ses bagages et se laver.

Là, elle fit une chose qu'elle n'avait jamais faite depuis qu'elle était à la villa : elle s'enferma dans la suite, refoulant Luke à l'extérieur — chassant la tentation !

Puis, ayant bouclé sa valise, elle alla se doucher sans jeter au passage un seul coup d'œil sur la baignoire. Enfin, s'étant enveloppée dans une serviette, elle se faufila dans le lit avec lassitude.

Luke se rembrunit en découvrant que la porte de la suite était fermée.

Avec une ironie sans joie, il se dit que Suzy n'avait vraiment aucune idée des talents que son entraînement militaire avait développés chez lui et, une fraction de seconde plus tard, il s'était silencieusement introduit à l'intérieur.

Elle était allongée sur le lit, en chien de fusil, dos tourné, et apparemment endormie.

Il se déshabilla et se dirigea vers la douche. Une longue nuit l'attendait. Il devait débrouiller le chaos provoqué par les machinations du président africain, et était monté faire une petite sieste réconfortante avant de se mettre à la tâche.

Une demi-heure après, il dormait sur le sofa du salon. Dès qu'il perçut le léger son, il s'éveilla. Aussitôt, il fut debout.

Suzy dormait toujours, mais son sommeil avait cessé d'être paisible. Elle serrait les poings et remuait avec frénésie. Elle laissa échapper un petit cri de terreur. Son cauchemar avait recommencé !

Luke tendit le bras pour toucher son épaule nue.

Elle hurla puis ouvrit les yeux. Se redressant sur son séant, frissonnante, elle replia ses bras autour d'elle, inconsciente de sa nudité.

— Luke ! Que… que fais-tu ici ?

— C'est notre chambre, lui rappela-t-il avec calme.

— Notre chambre ? lui lança-t-elle sur un ton de défi. Mais tu ne veux pas de moi ici !

Elle tremblait, à présent, et, serrant les mâchoires, Luke lutta pour ne pas la prendre dans ses bras.

— Si tu essayais de te rendormir ? lui suggéra-t-il.

Il n'en aurait pas été fâché, et il aurait aussi apprécié qu'elle se couvre. En songeant qu'il lui suffisait de se pencher à peine pour voir la courbe soyeuse de son épaule nue et le creux de son cou, il se sentait devenir fou.

— Non ! cria-t-elle avec véhémence. Non. Je ne veux plus dormir. J'ai peur de me mettre à rêver encore de la grotte, acheva-t-elle dans un murmure.

Luke semblait s'être douché, comme elle, constata-t-elle. Car il avait les reins ceints d'une serviette, si bas drapée qu'elle laissait voir le début de sa cicatrice. Machinalement, elle effleura la marque claire du bout des doigts… puis posa dessus ses lèvres. Luke demeura immobile près du lit, telle une statue.

« Qu'est-ce que je fais ? Je suis folle ! » pensa Suzy. Mais cela lui était égal. Elle était toute à son désir, à son envie de Luke…

Luke tenta de résister, de se souvenir qu'il la renvoyait à Londres pour son bien. Las ! bientôt, elle était dans ses bras, et il l'embrassait éperdument, ivre de goûter à elle. Elle avait la saveur d'une pêche juteuse, que l'on suce sans être rassasié : assoiffé, on en savoure une autre…

Suzy promena ses mains sur le corps de Luke, explorant sa chair comme pour se persuader qu'il était à elle, qu'il lui appartenait et qu'elle pouvait le caresser à son gré… De nouveau, elle embrassa sa cicatrice, qui était à ses yeux le précieux témoignage de son courage et, plus encore, de son altruisme… Luke laissa échapper un cri sourd et la fit rouler sous lui, ravageant sa bouche.

« Je ne devrais pas », songea Suzy. Luke ne l'aimait pas comme elle l'aimait. Mais comment aurait-elle pu combattre son désir et son amour pour lui ?

Luke se disait qu'il la possédait pour la dernière fois, qu'il s'octroyait une dernière fois le plaisir de caresser ses seins si merveilleusement sensibles…

— Non !

Lâchant un cri sourd, il s'arracha à elle et se leva, gagnant la fenêtre pour perdre son regard dans le vide.

Suzy attendit, douloureusement heurtée. Puis, voyant qu'il demeurait immobile, elle se leva, emportant la serviette, et se mit sous la douche pour que le bruit du jet masque celui de ses sanglots.

Dans la chambre, Luke frottait doucement sa cicatrice. Celle que Lucy avait embrassée avec amour…

Non, elle ne l'aimait pas, se rappela-t-il avec force. Elle se l'imaginait, c'était tout. Elle s'était mis cela en tête parce qu'il lui avait sauvé la vie ! Or si elle l'avait vraiment aimé, elle l'aurait su bien avant l'épisode de la grotte, tout comme il l'avait su lui-même !

L'amour peut grandir, cependant. Si elle se croyait amoureuse à présent, qui sait si avec le temps… ?

Non. Il n'allait pas lui faire ça — l'emprisonner dans une relation qui lui interdirait de donner librement son amour. Cela lui était impossible.

Il était déchiré de la voir partir. Mais, pour son bien, il devait s'y résoudre.

La première chose que Suzy aperçut en s'éveillant, ce fut un petit paquet sur la table de chevet. Elle l'ouvrit, et y trouva son billet, son passeport, et une généreuse somme en euros.

Des larmes lui vinrent aux paupières comme elle séparait l'argent du reste pour le reposer sur la table. Elle prit son petit déjeuner dans la chambre, tout en se disant misérablement que c'était là une précaution inutile : Luke n'allait sûrement pas se donner la peine de lui dire au revoir — et ainsi elle ne céderait pas à la tentation de se jeter dans ses bras pour l'implorer de la garder, de lui accorder une chance.

Une chance ? En avait-elle la moindre, après le rejet qu'il lui avait opposé la veille, en dépit du désir qu'elle lui inspirait ?

Cela ne pouvait signifier qu'une seule chose : il n'avait pas d'amour pour elle ! C'était une évidence.

Elle n'avait plus aucune raison de s'attarder ici. Elle avait déjà fait ses adieux aux enfants et à Sir Peter, qu'elle avait remercié pour son hospitalité.

— Tu viendras nous voir à l'école ? l'avait suppliée Lucy, les larmes aux yeux, en la serrant de toutes ses petites forces.

— Bien sûr, je viendrai, lui avait-elle promis.

Pauvres petits choux ! Ils avaient matériellement plus que le nécessaire, et manquaient si cruellement de tout ce qui comptait vraiment.

Elle attendit dans sa chambre que le taxi arrive, puis elle descendit, portant sa petite valise. Vêtus des habits qu'ils avaient achetés avec elle, Lucy et Charlie attendaient pour saluer son départ. Elle les embrassa avec émotion, leur renouvelant sa promesse de leur rendre visite.

En dépit d'elle-même, elle regarda la porte close du bureau de Luke, espérant le voir paraître. Mais dans quel but ? Il n'y avait qu'une chose qu'elle eût envie de l'entendre dire : Je t'en prie, reste ! Et : Je t'aime ! Et il n'y avait pas la moindre chance qu'il prononce ces mots.

Se contraignant à sourire, elle donna un ultime baiser aux enfants et monta dans le taxi.

Depuis la petite fenêtre de son bureau, Luke la regardait. Il l'avait délibérément évitée — pourquoi se serait-il placé dans une situation qu'il ne pouvait contrôler ? Elle ouvrait la porte du taxi, et dans quelques secondes, elle ne serait plus là. Quelques secondes…

Il se rua vers la porte et se mit à courir vers le seuil. Il l'avait presque atteint lorsque Sir Peter sortit de son propre bureau :

— Luke ! l'apostropha-t-il. Vite, j'ai besoin de vous. Le

132

Premier ministre est au téléphone, l'équipe de Njambla a repris contact. C'est reparti !

Un instant, Luke fut tenté de l'ignorer. Mais il entendit claquer la porte du taxi, sa conscience lui souffla qu'il devait laisser partir Suzy, et, vidant son visage de toute expression, il revint sur ses pas.

14.

Suzy avait appris un matin dans le journal — nouvelle poignante pour elle — le déplacement d'un certain président africain en Italie, peu de temps après son départ de la villa. Le jour même, elle avait reçu par la poste une lettre de refus d'un éventuel employeur, regrettant de ne pouvoir retenir sa candidature.

A son retour en Angleterre, elle avait écrit à toutes les bibliothèques, tous les organismes auxquels elle avait pu songer, résolue à trouver un stage d'archiviste — son vieux rêve. Hélas c'était un domaine d'activité très restreint, avec peu de postes à pourvoir.

— Tu ne dois pas renoncer, lui avait dit Kate.

— Je ne l'envisage pas, avait-elle répondu. Mais les possibilités sont très limitées, et à mon âge…

— Ton âge ? s'était écriée Kate. Mais enfin, Suzy, tu n'es pas vieille !

— Je n'ai plus 21 ans et je ne sors pas de l'université. Les gens qui seraient susceptibles de m'embaucher veulent savoir ce que j'ai fait ces dernières années et pourquoi je n'ai pas achevé mon diplôme d'un seul coup.

— Mais enfin, tu soignais ta mère !

— Et puis il y a le fait que j'ai quitté le journal, et qu'ils ne m'ont pas donné de références…

— Ils t'ont fait subir du harcèlement sexuel ! s'était indignée Kate.

Mais Suzy avait vu à son expression qu'elle réalisait que les choses ne se présentaient pas bien pour elle.

— Il y a tout de même un endroit où je pourrai obtenir un travail, avait-elle lancé gaiement.

— Oui, à notre agence !

— Non, Kate. Ta proposition est généreuse, mais tu sais que je n'accepterai pas la charité. Je parlais du supermarché. Je l'ai déjà fait...

— Rien ne t'y oblige, voyons ! Nous serions ravis que tu travailles pour nous...

— Kate, pas plus tard que la semaine dernière, tu m'as dit ne plus savoir comment occuper l'employée à mi-temps que vous avez engagée. Le supermarché ira très bien !

Elle se sentait cependant coupable de n'avoir rien dit à son amie au sujet de Luke et de ce qui s'était produit à la villa. Sans trop savoir pourquoi, elle n'avait pu se résoudre à lui en parler...

— J'ai horreur de ce job ! Je bosse ici depuis à peine une semaine, et j'ai l'impression que cela fait une éternité ! La chef est pire qu'un gardien de prison !

Suzy sourit avec sympathie à l'adolescente qui occupait la place voisine de la sienne, au bureau d'accueil.

— Une fois que tu te seras habituée, ça ira, lui assura-t-elle.

Cela dit, elle était secrètement d'accord avec sa jeune collègue : la responsable de magasin avait tout du pit-bull !

Exception faite de ce point noir, Suzy aimait bien travailler au supermarché. Au bout de presque trois mois de présence, elle avait même ses habitués, des clients qui préféraient avoir affaire à elle car elle savait les écouter.

Cela n'était pas du goût de la responsable, qui lui reprochait de ne pas « traiter » un assez grand nombre de clients, et lui intimait de se débarrasser des « importuns ».

— Mais ils sont seuls ! objectait Suzy.

— Et alors ? On n'est pas là pour faire salon ! En plus, ils ne dépensent pas grand-chose !

— Ils aiment bien venir ici parce qu'ils peuvent aller à la cafétéria.

— C'est ça ! Où ils ne prennent qu'un misérable café et bloquent les tables pendant des heures !

Suzy n'aimait pas penser à la responsable. Si elle continuait à travailler au supermarché, c'était parce qu'elle en avait besoin !

Elle baissa les yeux vers son ventre renflé. C'était peu dire que d'affirmer qu'elle avait reçu un choc, en découvrant qu'elle était enceinte de Luke ! Bien entendu, elle avait dû se confier à Kate — et celle-ci s'était montrée merveilleusement solidaire.

L'enfant de Luke ! Le regard rêveur, elle eut un élan de protection farouche envers son enfant. Contrairement à sa propre mère, elle n'allait certes pas élever son bébé dans une atmosphère de lamentations et de tristesse. Mais, si elle avait une fille, elle la mettrait en garde de tomber amoureuse d'un homme tel que son père !

Le médecin lui avait affirmé que sa grossesse se déroulait bien — être mère célibataire ne suscitait plus d'interrogations ni de désapprobation — et, maintenant accoutumée à l'idée de porter la vie, Suzy était heureuse et excitée à la perspective d'être mère. Pas autant, bien sûr, que si Luke avait été là pour partager cet événement avec elle, et s'il l'avait aimée…

Il y eut soudain du remue-ménage dans le bureau de la responsable de rayon, situé derrière elle, à plusieurs mètres. Devant elle, à l'accueil, une jeune mère avec un enfant en pleurs s'efforçait de vider le contenu de son Caddie dans son sac ; Suzy lui sourit.

Décidément, il y avait un sacré boucan du côté du bureau de la responsable. Elle entendait même la voie coléreuse d'un homme. *Un homme ?*

Suzy aurait juré qu'il avait la voix de Luke !

Luke en avait assez !

Il venait de passer les quatorze semaines les plus éprouvantes de toute son existence. D'abord, il s'était dit qu'en homme d'honneur, il se devait d'accorder à Suzy le temps de l'oublier. Ensuite, il s'était dit qu'il n'y avait rien que de très naturel à vouloir s'assurer qu'elle allait bien, après ce qu'elle avait traversé.

Puis il s'était avoué que, s'il prenait de ses nouvelles, il aurait toutes les peines du monde à la quitter de nouveau, surtout si elle s'imaginait toujours être amoureuse de lui. Et enfin, il avait admis qu'il ne pouvait pas vivre sans elle et devait à tout prix la revoir !

Il avait achevé la mission dont il était chargé, et confié la direction de ses affaires à son associé en lui faisant part de sa décision : désormais, il allait diriger le petit domaine dont il avait hérité.

Des complications médicales avaient retardé le retour au pays natal des petits réfugiés, et il n'avait pu décider de revoir Suzy avant plus de trois longs mois — alors qu'il eût préféré ne pas attendre un seul jour !

Quand il s'était rendu à son appartement, une voisine intriguée par ses coups répétés à sa porte l'avait informé qu'il ne l'y trouverait pas : elle était au travail. Il lui avait fallu plus d'une heure de discussion, de flatterie et de persuasion, pour lui soutirer l'information dont il avait besoin : Suzy travaillait dans un supermarché.

Puis il avait encore perdu une bonne heure dans les embouteillages. Et voilà maintenant que cette harpie lui criait qu'il ne pouvait voir Suzy, qu'il lui faudrait attendre le changement d'équipe pour lui parler ! Excédé, il ignora la responsable et se dirigea vers la femme qu'il aimait.

— Luke !

Suzy n'avait même pas eu conscience de s'être levée et d'avoir lancé son nom d'un ton incrédule, en le voyant venir.

Il s'immobilisa, son regard allant de son visage à son corps. « Il ne peut pas le voir », pensa frénétiquement Suzy. Elle n'était enceinte que de trois mois, cela se distinguait à peine. Pourtant, elle porta sa main à son ventre, comme pour le dissimuler...

Luke fut presque sonné. Suzy, enceinte ! Suzy portait son enfant ! Sous le regard de la jeune mère, qui suivait la scène avec intérêt, il ordonna à Suzy :

— Va chercher tes affaires.

— Mes affaires ? Mais... mais...

— Nous partons. Tout de suite !

Au lieu de lui répondre, comme il l'aurait fallu, qu'elle n'avait rien à voir avec lui, elle s'entendit protester d'une voix tremblante :

— Luke, je ne peux pas partir comme ça, je suis au travail. Il n'y a aucune raison p...

— Il y en a mille, au contraire ! rugit-il.

Avant qu'elle ait pu lever le petit doigt, il l'avait rejointe et plaçait une main sur son ventre, là où le bébé grandissait.

— Celle-ci, pour commencer, dit-il d'une voix rauque. Mon enfant. Et si cela ne suffisait pas...

138

Tout à coup, Suzy prit conscience du silence qui les environnait, des regards curieux des clients, du visage coléreux de la responsable.

— Si vous vous en allez, ce sera une rupture de contrat et vous risquerez de perdre votre travail, assena cette dernière.

Luke répliqua tranquillement :

— De toute manière, elle va donner sa démission.

Donner ma démission ? songea Suzy, indignée. Elle le foudroya du regard et siffla :

— Tu ne peux pas dire ça ! J'ai besoin de ce job, Luke !

— Pour l'instant, je ne me soucie pas de tes besoins ou des miens. Ce sont ceux de notre enfant qui comptent.

Je ne devrais pas réagir ainsi, pensa Luke. Il n'aurait pas dû être ravi que Suzy soit enceinte — car cela lui donnait un motif impérieux, logique, inattaquable de s'immiscer dans sa vie. Et pourtant, c'était ce qu'il éprouvait !

Notre enfant… Suzy crut qu'elle allait pleurer en entendant ces mots.

Une fois dehors, Luke la souleva pour l'installer dans un vaste 4x4, puis prit le volant. Il y avait trop longtemps qu'elle ne l'avait vu. Et il ne l'avait presque pas regardée ; encore moins touchée…

— Je viens de rentrer après avoir vu les enfants, lui dit-il. Ils vont suffisamment bien pour être soignés dans leur pays, maintenant. Leur tante a obtenu officiellement leur garde.

— Oh, Luke, quelle bonne nouvelle !

— Oui, c'en est une, admit-il doucement. Suzy, pourquoi ne m'as-tu pas averti, pour le bébé ?

— Averti ? fit-elle, le dévisageant. Je…

Elle avait craint qu'il se sente responsable, ou aille s'imaginer qu'elle le piégeait. Il savait qu'elle l'aimait et, selon elle, un homme croyait forcément qu'une femme voulait lui forcer la main si elle tombait enceinte après qu'il l'ait rejetée.

Se sentant incapable de lui avouer cela, elle murmura d'une voix rauque :

— Je... je n'ai pas pensé que c'était nécessaire.

Luke accusa le coup.

— Peter m'a donné de ses nouvelles, l'autre jour. Il paraît que tu es restée en contact avec Lucy et Charlie.

— Oui, c'est vrai. Ils me font tant de peine ! Il faudrait qu'il y ait une femme aimante dans leur vie. Une belle-mère, peut-être.

Tout en parlant, Suzy pensa à la jeune femme dont Lucy lui avait parlé dans ses lettres, la fille d'un ami plus âgé de Peter : elle s'était prise d'affection pour les deux petits.

— Et tu songes à poser ta candidature pour le poste ? lui demanda rudement Luke.

Choquée, Suzy le regarda d'un air interdit.

— Comment le pourrais-je ? répliqua-t-elle. Je suis enceinte de toi.

— Pourquoi travailles-tu dans ce supermarché ?

— Parce que je n'ai pas trouvé de travail ailleurs ! Puisque je vais avoir un enfant à élever...

Elle s'interrompit. Qu'il n'aille pas croire qu'elle cherchait à lui soutirer de l'argent.

— *TU* vas avoir un enfant à élever ? fit Luke en s'engageant sur l'autoroute. Cet enfant est le *nôtre*, Suzy. Je suis aussi responsable de lui que tu l'es, sinon plus.

— Luke, où m'emmènes-tu ?

Tout allait trop vite. Elle était en état de choc, en fait. Elle était même persuadée qu'elle allait se réveiller d'un moment à l'autre !

— A la maison, répondit Luke, la frappant de stupeur.

Ils avaient quitté la ville et roulaient dans la campagne.

— A la maison ? balbutia-t-elle. Mais...

140

— Où veux-tu que je t'emmène, voyons ! Après tout, c'est là qu'est ta place, et celle du bébé !

— J'ai un appartement.

— Tu ne pourrais pas y élever un enfant. En tout cas, tu n'y élèveras pas le mien, tu peux me croire.

— Mon appartement est très bien ! Et même si je suis enceinte de toi, ça ne te donne pas le droit de t'imposer dans mon existence et… et de tout régenter… ou de me kidnapper ! s'écria-t-elle, au bord des larmes.

— Ah non ? Je pense au contraire que lorsque tu t'es donné à moi, lorsque j'ai conçu avec toi cet enfant, tu m'as aussi accordé d'autres droits très importants.

Réduite au silence, Suzy ferma les yeux. Elle avait peine à croire qu'elle pouvait se retrouver aussi soudainement sous la coupe de Luke. Comme elle luttait contre un accès de fatigue, il quitta l'autoroute en annonçant :

— Nous ne sommes plus très loin. Le domaine se trouve de l'autre côté du village. Tu ne vas pas tarder à apercevoir le clocher.

Domaine… village… clocher… elle enregistra ces mots dans un état d'hébétude. Ils se trouvaient au cœur de la campagne anglaise, à l'approche de l'automne, et les arbres arboraient encore leurs luxuriantes frondaisons estivales. Les champs attendaient d'être récoltés. Une pancarte défila sous le regard de Suzy — Flinton-upon-Adder —, et ils traversèrent un village pittoresque, aux maisons blotties autour d'un pré communal bien vert, une rivière paisible bordée de saules. Puis la route longea, au-delà du village, un mur d'enceinte en pierre. Le souffle coupé, elle aperçut au-delà un petit parc et une très belle demeure datant de l'époque de la reine Anne.

Luke prit une allée bordée d'arbres et bientôt, la maison fut devant eux. Il stoppa la voiture, et Suzy se tourna vers lui avec détermination :

— Je veux que tu me ramènes à mon appartement.

— Pas tout de suite. Pas avant que nous ayons parlé. Viens, je vais te présenter à la gouvernante, Mme Mattock. J'ai hérité d'elle avec la maison.

— Cette maison est un héritage ?

— Oui, de mon père. Elle a toujours appartenu à notre famille.

Mme Mattock, une très sympathique matrone, en avait vu d'autres, et accepta placidement que Luke fut revenu avec une invitée inattendue. Bien qu'elle se montrât discrète, Suzy eut le sentiment qu'elle avait parfaitement remarqué sa grossesse comme elle l'escortait à l'étage jusqu'à une chambre ravissante. Celle-ci avait un décor traditionnel et possédait sa propre salle de bains, si bien que Suzy put « se rafraîchir », comme le lui conseillait, dans son langage, la gouvernante.

— M. Luke m'a demandé de servir le thé au petit salon, mademoiselle. C'est la troisième porte à gauche dans le couloir, au rez-de-chaussée. Cette chambre est très jolie, n'est-ce pas ? C'était la préférée de feu Monsieur...

De la fenêtre, Lucy avait vue sur les arbres et la pointe du clocher. Dans la salle de bains, elle trouva des serviettes éponge immaculées et, sur le lavabo blanc tout simple, une savonnette artisanale. Elle se surprit à penser que cette maison serait un merveilleux endroit pour y élever une famille...

Merveilleux, peut-être, mais ce n'est pas mon toit, ni celui de mon enfant, pensa-t-elle en redescendant, et en humant l'odeur de cire et de lavande qui flottait dans l'escalier.

Parvenue devant la porte que lui avait indiquée Mme Mattock, elle hésita à entrer. Finalement, prenant une profonde inspiration, elle la poussa. D'emblée, elle jugea que la pièce à lambris, très masculine avec son grand bureau, convenait bien à Luke. Il se sentait visiblement chez lui dans cette belle demeure. Et c'était compréhensible.

Il avança vers elle, et elle marqua un mouvement de recul.

— Suzy, te voilà. Mme Mattock va nous servir le thé.

— Elle me l'a dit, oui, dit-elle brièvement, en se demandant pourquoi ils perdaient ainsi du temps en mondanités inutiles.

Il y avait plus important à discuter. Son « enlèvement » par Luke, par exemple ! Elle reprit avec colère :

— Luke, tu n'as pas le droit de m'…

— De quoi ? coupa-t-il. De me soucier de la santé de mon fils ou de celle de sa mère ?

Suzy refoula farouchement des larmes. « Les hormones, probablement », pensa-t-elle.

— Cet enfant n'était pas prévu, tu le sais aussi bien que moi. C'est un accident. Je ne considère pas que j'ai le moindre droit sur toi, et de toute façon, tu…

Elle se tut brusquement.

— Quoi donc ? insista Luke.

— Tu… tu ne m'aimes pas !

Là, ça y était, elle l'avait lâché !

— Je ne t'aime pas ? répéta Luke dans un rire étranglé.

Elle continua, sans tenir compte de sa réaction :

— Et pourquoi es-tu venu au supermarché, bon sang ?

— Et pourquoi suis-je venu, d'après toi ?

Elle sentit son cœur s'affoler, en proie à des émotions dangereuses.

— Je n'en sais rien, avoua-t-elle.

Se détournant d'elle pour gagner la fenêtre, Luke énonça :

— En Italie, tu disais m'aimer.

Cette fois, le cœur de Lucy se mit réellement à battre la chamade. Oui, elle avait fait une déclaration d'amour à Luke, en Italie, et il lui avait clairement signifié qu'il ne voulait pas

143

de cet amour. Aujourd'hui, elle ne devait pas seulement se soucier de ses sentiments personnels, elle devait aussi songer à son bébé ! Il n'était pas question qu'il ait une enfance aussi malheureuse que la sienne ! Pour lui, elle devait se montrer forte !

— Je l'ai dit, oui, admit-elle. Mais je réalise que...

Non, elle ne pouvait pas le dire, c'était impossible ! Elle ne pouvait prononcer les mots : « Je ne t'aime pas » !

— Que tu t'étais trompée, acheva Luke à sa place.

— Je...

Elle ne put aller plus loin, souffrant trop à l'idée de nier son amour. Une voix lui soufflait qu'en niant ses sentiments elle trahirait son enfant. Alors, elle dit :

— Tu n'avais pas besoin de venir t'en assurer. Le fait que je n'ai pas cherché à prendre contact avec toi a dû te rassurer sur...

— Me rassurer ! explosa Luke. Me rassurer ? Mais de quoi me parles-tu, Suzy ?

Il s'interrompit comme on frappait à la porte et que Mme Mattock poussait dans la pièce la desserte du thé.

— Mlle Roberts passera-t-elle la nuit ici, Luke ? s'enquit-elle poliment.

— Oui !

— Non !

La gouvernante s'éclipsa prudemment.

— Tu veux que je serve le thé ? demanda Suzy.

Comme il acquiesçait, elle faillit laisser échapper un rire hystérique. Au beau milieu d'une discussion tendue et pénible, voilà qu'elle servait le thé, telle une héroïne de roman victorien !

Elle se rapprocha cependant de la desserte pour effectuer le service, tandis que Luke disait derrière elle :

— J'étais conscient que tu croyais m'aimer à cause du traumatisme que tu avais subi, bien sûr. J'avais compris que je t'aimais avant cela, mais...

Suzy se mit à trembler, répandant du thé sur la soucoupe et le napperon de service.

— Suzy !

Luke vint lui prendre la lourde théière des mains pour la reposer sur le plateau, puis l'enlaça par la taille.

— Qu'est-ce que tu viens de dire ? fit-elle d'une voix défaillante.

Elle tremblait si fort qu'elle parvenait à peine à tenir debout, et c'était si bon de s'abandonner entre les bras de Luke !

— Essaies-tu de me dire, poursuivit-elle, que tu es tombé amoureux de moi avant que je ne sois ensevelie sous la grotte ?

— Oui. Même si je ne voulais pas l'admettre. Je me débattais encore avec ma défiance envers toi, à ce moment-là. Si une part de moi-même désirait avoir la preuve que je me trompais à ton sujet, l'autre désirait le contraire.

Suzy avait quelque peine à se pénétrer de la teneur de ses propos. Luke l'aimait ? Luke avait été amoureux d'elle alors même qu'elle se croyait détestée ?

La joie l'inondait lentement, se propageant dans son âme comme les premiers rayons du printemps sur un paysage enneigé.

— Est-ce que tu te sens bien ? s'inquiéta Luke. Tu ne veux pas t'asseoir ?

— Non ! Non, je n'irai nulle part, et surtout pas hors de tes bras, Luke, tant que tu ne m'auras pas révélé à quel moment tu es tombé amoureux de moi ! Quand l'as-tu su ?

Luke prit un air penaud.

— Eh bien... La première fois que tu m'as embrassé, je crois bien. En tout cas, je l'étais bel et bien lorsque tu t'es mise à dévaler la colline et que je t'ai vue courir au-devant d'un accident !

Susy rougit en se remémorant la scène, et la façon dont il l'avait tenue prisonnière entre ses bras.

— Pourtant, dit-elle, lorsque je t'ai avoué mon amour, tu m'as rejetée.

— Il le fallait, soupira Luke. Quand une personne subit le genre de traumatisme que tu as subi, elle tend à éprouver les émotions les plus violentes envers ceux qui ont partagé son expérience, c'est un fait bien connu. Je ne voulais pas te piéger dans une relation alors que ton amour avait toutes les chances d'être illusoire.

— Oh, Luke ! Je t'ai aimé à l'instant où j'ai posé les yeux sur toi, murmura Suzy. Je t'ai vu, et… j'ai su que tu étais mon âme sœur, dit-elle d'une voix rauque.

Elle crut d'abord qu'il ne répondrait rien. Mais il la prit entre ses bras, posa une main sur son ventre, et souffla :

— Désolé, poussin, mais tu vas devoir fermer les yeux pendant que j'embrasse ta mère !

Puis, son visage en coupe entre ses mains, il l'embrassa avec une douceur passionnée ; et ils formèrent un couple étroitement uni, battant d'un même cœur.

— Tu es sûre que ça va ?

— Très bien, affirma Suzy à Luke qui la menait hors de l'église par une belle matinée d'automne, tandis que les cloches nuptiales sonnaient à toute volée.

Son élégante robe crème dissimulait habilement le renflement de son corps et, sous le regard ému et bienveillant de leurs invités, Luke s'inclina pour l'embrasser.

— Qui aurait cru que ton baiser volé mènerait à ceci ? dit-il, taquin, contre son oreille.

Amusée, elle laissa couler un rire.

— Si je l'ai volé, tu me l'as rendu au centuple !

Il rit à son tour, tout en plaçant une paume sur son ventre.

Un photographe saisit la pose, puis la suivante, comme Luke, attirant sa femme entre ses bras, lui donnait un baiser profond et tendre.

Épilogue

— Lucy ne serait pas plus pénétrée de son importance si elle était sacrée reine d'Angleterre, plaisanta Luke.

Ils regardaient Sir Peter, Lucy et Charlie — accompagnés d'Anne, la jeune femme que Peter avait tenu à amener au baptême du petit Robert ; tout ce petit monde descendait de voiture.

Suzy répondit :

— Devenir la marraine de notre fils est un moment important pour elle.

La fillette avait été ravie lorsque Suzy lui avait proposé de jouer ce rôle avec son amie Kate, qui serait la deuxième marraine du petit. Suzy se rappela son excitation avec un sourire, en cet instant, alors qu'elle tenait dans ses bras son fils de six mois, et élevait un regard transi sur son mari.

Ils avaient invité Sir Peter, Lucy et Charlie à séjourner chez eux pour Noël, et Lucy avait beaucoup parlé d'Anne, la jeune amie de la famille désormais fiancée à Sir Peter.

— Je sais que Lucy est un peu jeune, continua Suzy à l'adresse de Luke. Mais ça lui fait tellement plaisir !

Les deux parrains de Robert étaient des amis de Luke, qu'il s'était faits à l'armée. Comme Sir Peter et sa famille, ils étaient régulièrement venus en visite au domaine, depuis le mariage.

En découvrant la triste enfance de Luke, Suzy avait plus que jamais tenu à apporter à ses enfants un entourage chaleureux et aimant — celui dont elle aussi avait tant manqué.

Quand Luke lui avait pris la main, après la naissance de leur fils — non sans anxiété, car il avait assisté à l'accouchement —, elle lui avait lancé avec espièglerie :

— Autant que tu t'habitues ! Parce que ce bébé ne sera pas sans frères et sœurs, comme nous l'avons été !

Elle sourit en contemplant son fils. Certains penseraient peut-être que c'était précipité, mais elle était pratiquement sûre d'être de nouveau enceinte, et l'avait appris à Luke le matin même.

— Comment ? Déjà ? s'était-il écrié.

— Comment ça, déjà ? Il suffit d'une fois, tu le sais très bien.

Luke avait ri, l'enveloppant d'un regard sensuel qui l'avait fait rougir.

— Oh, si tu tiens à prendre une assurance, ce n'est pas de refus…, avait-il répliqué, s'avançant vers elle pour la dépouiller de son peignoir.

— Mais Luke, nous avons des invités qui attendent leur petit déjeuner, lui avait-elle rappelé, feignant la pruderie.

— Qu'ils attendent, avait-il susurré en nichant ses lèvres au creux de son cou…

— Il y a aussi le baptême !

— Mmm… c'est vrai, ça…

Si leurs invités avaient été surpris de les voir descendre un peu tard pour le petit déjeuner, ils n'en avaient rien laissé paraître. Quoique… Suzy avait surpris le regard songeur d'Anne, la fiancée de Peter, posé sur elle…

Elle aimait bien Anne, du reste. Elle ferait une excellente épouse et une excellente mère adoptive. Elle avait déjà établi une relation très affectueuse avec les enfants…

A présent, ils gagnaient la vieille église, que le soleil chauffait de ses rayons. Robert se réveilla et fureta autour de lui. Il ressemblait beaucoup à son père, songea Suzy, et pas seulement physiquement. Il avait déjà, à six mois, certaines de ses attitudes autoritaires !

Comme ils franchissaient le parvis puis le seuil, Luke prit Robert dans ses bras, et il échangea avec son fils un regard « d'homme à homme ». Remplie d'émotion, Suzy se rapprocha de son mari. Elle avait tant de chance !

Luke était sa moitié, et elle était celle de Luke. En son for intérieur, elle savait qu'ils avaient été voués à se rencontrer et à s'éprendre l'un de l'autre.

Oui, leurs âmes étaient sœurs. Pour l'éternité.

Le nouveau visage
de la collection Or

◆

AMOURS D'AUJOURD'HUI

Afin de mieux exprimer sa modernité et de vous séduire encore davantage, votre collection Or a changé de couverture et de nom depuis le 1er mars 1995.

Rassurez-vous, les romans, eux, ne changent pas, et vous pourrez retrouver dans la collection **Amours d'Aujourd'hui** tous vos auteurs préférés.

Comme chaque mois, en effet, vous y attendent des héros d'aujourd'hui, aux prises avec des passions fortes et des situations difficiles...

**COLLECTION
AMOURS D'AUJOURD'HUI :**
Quand l'amour guérit des blessures de la vie...

Chère lectrice,

Vous nous êtes fidèle depuis longtemps?
Vous venez de faire notre connaissance?

C'est pour votre plaisir que nous avons
imaginé un rendez-vous chaque mois
avec vos auteurs préférés, vos
AUTEURS VEDETTE dans les
collections Azur et Horizon.

Les AUTEURS VEDETTE vous
donneront rendez-vous pour de
nouveaux livres vedette.

Pour les reconnaître, cherchez
l'étoile... Elle vous guidera!

Éditions Harlequin

HARLEQUIN

LE FORUM DES LECTEURS ET LECTRICES

CHERS(ES) LECTEURS ET LECTRICES,

VOUS NOUS ETES FIDÈLES DEPUIS LONGTEMPS?

VOUS VENEZ DE FAIRE NOTRE CONNAISSANCE?

SI VOUS AVEZ DES COMMENTAIRES, DES CRITIQUES À FORMULER, DES SUGGESTIONS À OFFRIR, N'HÉSITEZ PAS… ÉCRIVEZ-NOUS À:

> LES ENTERPRISES HARLEQUIN LTÉE.
> 498 RUE ODILE
> FABREVILLE, LAVAL, QUÉBEC.
> H7R 5X1

C'EST AVEC VOS PRÉCIEUX COMMENTAIRES QUE NOUS ALLONS POUVOIR MIEUX VOUS SERVIR.

DE PLUS, SI VOUS DÉSIREZ RECEVOIR UNE OU PLUSIEURS DE VOS SÉRIES HARLEQUIN PRÉFÉRÉE(S) À VOTRE DOMICILE, NE TARDEZ PAS À CONTACTER LE SERVICE D'ABONNEMENT; EN APPELANT AU (514) 875-4444 (RÉGION DE MONTRÉAL) OU 1-800-667-4444 (EXTÉRIEUR DE MONTRÉAL) OU TÉLÉCOPIEUR (514) 523-4444 OU COURRIER ELECTRONIQUE: AQCOURRIER@ABONNEMENT.QC.CA OU EN ÉCRIVANT À:

> ABONNEMENT QUÉBEC
> 525 RUE LOUIS-PASTEUR
> BOUCHERVILLE, QUÉBEC
> J4B 8E7

MERCI, À L'AVANCE, DE VOTRE COOPÉRATION.

BONNE LECTURE.

HARLEQUIN.

VOTRE PASSEPORT POUR LE MONDE DE L'AMOUR.

ROUGE PASSION

De fiévreuses histoires d'amour sensuelles!

De provocantes histoires d'amour passionnées et romantiques qu'on lit d'une seule traite. Aventureuses, parfois humoristiques, et sensuelles, elles mettent en vedette des hommes et des femmes d'aujourd'hui.

ROUGE PASSION... trois nouveaux titres chaque mois.

<u>COLLECTION</u>
<u>HORIZON</u>

Des histoires d'amour romantiques qui vous mènent au bout du monde!

Découvrez la passion et les vives émotions qu'apportent à la Collection Horizon des auteurs de renommée internationale!

Captivantes, voire irrésistibles, ces histoires d'amour vous iront assurément droit au coeur.

Surveillez nos trois nouveaux titres chaque mois!

GEN-H-R

HARLEQUIN

COLLECTION
ROUGE PASSION

- **Des héroïnes émancipées.**
- **Des héros qui savent aimer.**
- **Des situations modernes et réalistes.**
- **Des histoires d'amour sensuelles et provocantes.**

LAISSEZ-VOUS TENTER
par 3 titres irrésistibles
chaque mois.

RP-1-R